D1520965

COLLECTION FOLIO

Brina Svit

Petit éloge
de la rupture

Gallimard

© *Éditions Gallimard, 2009.*

Brina Svit est née à Ljubljana, en Slovénie, et vit depuis 1980 à Paris. Elle a réalisé plusieurs courts-métrages et a écrit deux pièces radiophoniques pour France-Culture. Ses premiers romans publiés en France — *Con brio* et *Mort d'une prima donna slovène* (prix Pelléas 2001) sont traduits du slovène dans la collection « Du monde entier ». Avec *Moreno*, elle signe son premier livre en français, et écrit depuis chaque ouvrage deux fois : d'abord en français et ensuite en slovène. Suivent ainsi *Un cœur de trop*, couronné par le prix Maurice-Genevoix de l'Académie française 2005, et *Coco Dias ou La Porte Dorée* (prix Folies d'encre 2007). Elle publie régulièrement chroniques, articles et photos dans le quotidien slovène *Delo*. Elle est aussi danseuse de tango.

Ses livres sont tous traduits en plusieurs langues, notamment en anglais, allemand, italien, grec, espagnol, hollandais, bosniaque...

Découvrez, lisez ou relisez les livres de Brina Svit :

UN CŒUR DE TROP (Folio n° 4633)

COCO DIAS OU LA PORTE DORÉE (Folio n° 4838)

Il ne faut écrire et surtout publier que des choses qui fassent mal, c'est-à-dire dont on se souvienne. Un livre doit remuer des plaies, en susciter même. Il doit être à l'origine d'un désarroi fécond, mais par-dessus tout, un livre doit constituer un danger.

CIORAN

Au printemps, je t'emmènerai en forêt. C'était la première phrase. Je m'en souviens très bien, déjà parce que le document avait été sauvegardé sous l'intitulé : *Au printemps.doc*, même si son vrai titre a été le *Petit éloge de la rupture*. Au printemps, je t'emmènerai en forêt. Le début d'un récit d'une rupture amoureuse. Un récit précis d'un déchirement, couture par couture. Nous sommes au début du mois de février, le printemps n'est pas pour tout de suite, mais tout va bien. Enfin, ce vendredi après-midi, le 8 février 2008, vers dix-sept heures, si je ne me trompe pas, tout va encore très bien. Elle est dans un magasin de peinture, sur le boulevard Beaumarchais, en compagnie de Philippine, son associée, en train de choisir une nouvelle couleur pour les murs de leur atelier. Elle n'a pas de prénom, elle restera « elle » tout au long du récit, comme lui restera tout simplement « il » ; elle et lui donc. Ils se sont rencontrés dans un parc, sur un banc public. Enfin, ils ne se sont pas rencontrés, ils se sont vus. Assis l'un à côté de l'autre sur le même banc, chacun plongé dans ses pensées et dans sa lecture, ils ont levé les yeux presque au même moment, surpris de cette proximité qui n'avait pas encore de nom. Ils se sont revus plusieurs fois par la suite avant de s'embrasser, dans les parcs, dans les cafés, toujours un peu intimidés, maladroits, étrangers. C'est qu'ils ne s'attendaient pas, ni l'un ni l'autre, à tomber amoureux à ce moment de leur vie, et encore moins à tomber amoureux l'un de l'autre. Ils n'étaient pas du tout le même genre, pour le dire rapidement. Chacun pour soi, ils auraient pu dresser une liste de ce qu'ils n'aimaient pas chez l'autre. Elle n'aimait pas sa façon de s'habiller, sa chaîne autour du cou, ses chaussures quelconques, son air peu assuré, timide... Lui la trouvait brusque, imprévisible, trop artiste pour lui... Trop petite aussi. Leur première nuit a été rocambolesque : ils ont cherché à dissoudre leur timidité dans l'alcool, ce qui a donné des résultats tout à fait imprévus : elle s'est ouvert le front en se cognant contre une porte, lui n'était pas ce qu'on appelle en grande forme. Et pourtant ils n'arrêtaient pas de penser l'un à l'autre. Au bout de trois mois, elle ne lui semblait plus tellement brusque, ni vraiment trop artiste pour lui. Elle, de son côté, aimait bien son visage sérieux et intense, ses lunettes rondes, ses rides… Elle ne remarquait même plus que c'était le genre d'homme qui achetait la première chemise qu'il voyait, comme si c'était un paquet de riz, et portait des chaussures assez ordinaires. Ils se rencontraient dans des hôtels. Ils partaient en week-end ce qui s'avérait à chaque fois un petit exploit, vu qu'ils étaient mariés chacun de son côté et qu'ils avaient des enfants. Ils s'écrivaient, lui surtout. Il lui envoyait des textos, assez bien tournés d'ailleurs. Elle en a recopié plein pour ne pas les perdre. Je me souviens de quelques-uns :

Je suis avec toi, en tous sens, amoureux de toi, de ton feu, de tes lèvres, de tes envies, de tes contraires, roc en mer et langueur au soleil…

J'aime ton rire au téléphone, ému de te revoir demain, presque timide comme si c'était la première fois…

Tu crois que le mois d'août se terminera un jour, mon amour ?

T'aimerais sur ma peau, dans mon odeur et sous mes yeux…

Toi, mon essentielle.

Pris dans le travail, j'ai oublié de te dire bonjour. Tu me pardonnes ?

Dans le train, destination toi.

Viens de courir dans le vent et giboulées. Tu me rends intensément vivant.

Je me souviens aussi de l'endroit et de l'heure où elle a reçu le texto sur le printemps (magasin de peinture sur le boulevard Beaumarchais, à cinq heures de l'après-midi) et du sentiment diffus de bonheur qui l'accompagnait. Tout comme de l'endroit et de l'heure du suivant, celui qui annonçait la rupture (galerie d'art AM, rue du Perche, trois heures plus tard). Mais c'est aussi à peu près tout ce que je me rappelle. Car c'est à ce moment-là de cette histoire qu'est survenue une autre rupture, tout aussi radicale, si ce n'est plus, que celle que je décrivais : la rupture de mon disque dur. Je ne sais plus quelle a été la dernière phrase du texte avant que mon ordinateur se mette soudain à ne plus obéir à mes commandes et que l'écran devienne noir. Noir, puis plus rien, silence... Mon Mac a expiré en direct, devant mes yeux. Mieux vaut se fier aux mecs qu'aux macs, sincèrement désolé, *m'écrit Gil.*

*

— Parce que vous n'avez rien sauvegardé ?

— Non...

— Et pourquoi, si je peux me permettre ?

— Je ne sais pas... D'habitude je le fais plus tard, quand mon texte a trente, quarante pages... Mais pas au début. Et puis je n'ai jamais rien perdu. Jamais.

— Eh bien voilà... C'est fait. Il y a toujours une première fois.

— Et vous êtes sûr que vous ne pouvez rien faire pour moi ?

Il me lance un regard noir : il m'a déjà expliqué que mon disque dur était parti en Hollande pour pouvoir être remplacé par un nouveau. Non, on ne peut rien faire. J'aurais dû lui dire avant que je voulais le récupérer. C'est trop tard maintenant, c'est perdu, fini, point à la ligne. Je n'avais qu'à sauvegarder mes documents, comme tout le monde. Les disques externes, les clés USB, ça existe. Il m'a déjà tout expliqué, on ne va pas recommencer encore une fois, je parle bien français, non... Et puis il y a des gens qui attendent, au revoir mademoiselle ou madame...

Madame. Je connais les clés USB, et je parle bien français. Enfin, ça dépend, dans les situations émotionnellement déstabilisantes comme celle-ci, je m'emmêle les pinceaux. Ou bien mon slovène fait irruption inopinément, sans que j'aie mon mot à dire. Au bout de vingt-cinq ans à Paris, je suis toujours capable de dire une phrase entière dans ma langue maternelle sans m'en rendre compte. C'est ça aussi, de changer de pays et de langue. Une autre rupture dont je voulais parler dans mon texte initial, celui qui est parti avec mon disque dur en Hollande et que je ne pourrai pas récupérer, non, il est perdu pour toujours, c'est fini, point à la ligne comme a dit le jeune employé du Centre Apple du boulevard Richard-Lenoir.

Soudain, en pédalant vers la Bastille pour rentrer chez moi, je me rends compte que je viens d'être amputée d'un an de ma vie, onze mois, pour être encore plus précise. J'ai perdu toutes mes photos. Celles de tous les jours : ma fille sur le canapé avec Mufi, le chat. Mon fils qu'il faut toujours supplier pour qu'il se laisse prendre en photo. Notre jardin en Slovénie, nos oliviers qui n'auront plus jamais trois ans comme sur les photos. Mon dernier Buenos Aires, mon dernier *barrio*, les acacias géants à l'*esquina* de Guatemala y Thames. Mon prof de tango Osvaldo qui m'a appris à marcher en arrière. Puis la chambre d'hôtel à Reykjavík où se passe mon nouveau roman, la vue de la chambre, la nuit, le ciel, beaucoup de ciel, la neige qui tombe à gros flocons... Il y a les portraits aussi, la plupart pris pour le journal slovène *Delo*. Celui de Sollers, par exemple, où il met un masque chinois devant son visage : il n'aurait pas pu mieux faire, c'est tout lui, malicieux et juste dans son geste, caché en pleine lumière, conforme à ce qu'il veut qu'on pense de lui. Celui de Jorge Volpi, mexicain, bien plus insaisissable que Sollers. Celui de Richard Millet, ténébreux et sévère, le seul qui ne pose pas.

J'ai perdu mes musiques : mes tangos, mes chansons révolutionnaires, Brigitte Fontaine, Bénabar, Barbara, mais aussi mes Mozart,

Brahms, Vivaldi… tous très chers, mais remplaçables. J'ai perdu mes articles, pas vraiment grave, vu qu'ils étaient publiés. J'ai perdu mes mails, toute la correspondance qui s'étale sur onze mois, du début de septembre 2007 à l'été 2008, triée, rangée dans les tiroirs, avec des titres comme *Tangueros* : mails de mes danseurs argentins. *Mon âme* : échanges avec mon éditeur slovène qui porte ce joli nom d'âme (*duša* en slovène), et surtout *Gil* : mails dragueurs, désenchanteurs, dézingueurs de Gil Courtemanche, écrivain québécois, m'invitant à toutes sortes de folies avant de rompre, petits bijoux de prose qui vont me manquer plus que les autres.

Et bien sûr, comment l'oublier, j'ai perdu une dizaine de pages — dix-sept, dix-huit, si je me souviens bien — de mon *Printemps*, alias *Petit éloge de la rupture*.

*

Pour me remettre de cette rupture imprévue dans ma rupture, je vais danser le tango. Le tango est le meilleur moyen que je connaisse pour penser à autre chose, ou mieux encore : pour ne pas penser. On ferme les yeux, on écoute la musique, on est ailleurs, surtout quand on tombe sur un bon danseur. C'est pour cet « ailleurs » radical que j'ai besoin d'aller à Buenos Aires. Je me souviens d'une milonga (milonga est un bal de tango) au *Niño Bien*, un lundi soir, au mois de mai. Fatiguée, un peu lasse, trouvant le temps long, je regardais les hommes en face de moi : j'avais déjà dansé avec tous ceux qui m'intéressaient, c'est-à-dire avec quatre, cinq bons danseurs ; les autres, ils ne me disaient rien ou bien je ne les connaissais pas. Je voyais bien qu'il y avait un jeune homme qui cherchait mon regard pour un *cabezeo* (un petit signe de la tête avec lequel on s'invite à danser à Buenos Aires), mais je faisais celle qui ne le remarquait pas. Ne danse jamais avec quelqu'un sans l'avoir vu danser avant, m'avaient dit mes vieux *milongueros*, qui voulaient m'épargner de mauvaises surprises. Obéissante, je continuais à regarder à travers lui jusqu'au moment où j'ai enfin daigné arrêter mes yeux sur lui : j'étais là pour danser et tant pis s'il était débutant. On s'est fait un *cabezeo*, on s'est retrouvés sur la piste, on s'est enlacés. Et c'est à partir de là, de cet *abrazo*, que la nuit s'est scindée en deux. Car j'ai compris tout de suite, au bout de quelques pas, que j'étais dans les bras d'un danseur hors pair, que soudain il n'y avait plus ni avant ni après, juste l'instant présent, la musique et nous qui nous coulions dedans. Ça va ? a-t-il demandé avec un petit air de défi après le premier tango. Je n'ai pas répondu, je n'ai même pas souri ; ce n'était pas la peine. Il le savait aussi bien que moi, du reste, il ne s'attendait pas à ce que je lui réponde, il voulait juste remettre les choses à leur place. Quand au bout de quatre tangos je suis revenue m'asseoir à ma table, je n'étais plus la même. Il me fallait reprendre pied, me recomposer avant de pouvoir continuer ; d'ailleurs, je n'ai pas continué, je suis partie.

Mais Paris n'est pas Buenos Aires, difficile de tomber sur un *plomero* comme celui du *Niño Bien* (juste avant de se quitter, après le dernier tango, je lui ai demandé ce qu'il faisait quand il ne dansait pas : plombier, a-t-il répondu, je suis plombier) mais je peux toujours essayer. Un petit coup de vélo jusqu'aux quais de la Seine, c'est la belle saison, pas la peine de s'enfermer pour aller danser. Je traverse le pont, la vue s'élargit sur Notre-Dame d'un côté et le métro aérien de l'autre, le ciel est une palette qui hésite entre le bleu et le violet. Je descends sur les quais, mon vélo connaît le chemin. Je m'arrête près du petit amphithéâtre au bord de l'eau où l'on danse. C'est une soirée veloutée, ça sent le fleuve et la musique est déchirante à souhait. Je regarde autour de moi pour voir si je ne connais pas quelqu'un parmi ceux qui, comme moi, attendent pour danser. Oui, j'en connais deux ou trois, pas *plomeros*, d'accord, mais qui dansent tout à fait correctement. Mais je vais rester encore un peu à ma place, j'aime bien être au bord de la Seine et écouter la musique. L'eau qui coule, la

continuité du fleuve comme un antidote absolu
à la rupture.

*

Je reprends l'histoire de la rupture amoureuse,
celle dont j'ai perdu le début. Il y a donc eu le
premier texto, celui qui dit qu'au printemps, il
l'emmènerait en forêt. Et puis trois heures après
— il est à peu près huit heures du soir, elle est
à la galerie AM, au vernissage du photographe
arménien dont elle est en train de réaliser le catalogue —, elle en reçoit un autre. Une coupe
de champagne à la main, elle lit : « Je ne t'emmènerai pas en forêt. Trop compliqué, tout ça.
Je sors de ta vie. »

Elle boit une gorgée d'alcool. Elle ne comprend
pas. C'est une mauvaise blague, se dit-elle.

— Qu'est-ce qu'il y a ? lui demande son mari,
présent lui aussi au vernissage.

— Rien…, répond-elle, persuadée pour quelques instants que c'est vraiment ça : rien, une
erreur, une série de fautes de frappe.

Elle s'éloigne, trouve un endroit tranquille pour
relire le dernier texto. Soudain, elle sent tout le
sang descendre de son visage. Trop compliqué ?
Il sort de sa vie ? Que veut-il dire par là ? Elle
se met à scruter la photographie accrochée au
mur devant elle, un sein pâle, presque blanc, posé
sur un drap très blanc. Je suis peut-être trop

près parce que je ne comprends rien, pense-t-elle. Elle s'éloigne un peu : ça ne change rien, elle ne voit toujours pas. Que fait ce sein tout seul sur ce drap blanc ? C'est donc vrai ce que dit Susan Sontag : on ne comprend jamais rien à partir d'une photographie.

Elle sort. Il fait froid, elle ferme son manteau. La rue du Perche, avec son église arménienne au coin, est étrangement déserte à cette heure-ci. Il faut qu'elle lui parle, même si ce n'est pas le moment : elle voit bien que le photographe la cherche dans la foule et que son mari et Philippine se demandent ce qu'elle fait dehors pendant que tout le monde se presse à l'intérieur. Elle compose son numéro. Elle comprend tout de suite que quelque chose ne va pas. Il a une drôle de voix comme s'il avait bu. Elle lui dit qu'elle n'a rien compris à son SMS. Il y a un bruit de son côté, il n'est peut-être pas chez lui. Si, si, il est chez lui, répond-il. Il ne veut pas parler ce soir. Il lui dira tout de vive voix demain. Parce qu'ils ne vont quand même pas rompre au téléphone.

Rompre ? répète-t-elle comme si c'était un mot qu'elle ne connaissait pas. Oui, dit-il froidement. Ils pourraient se voir demain en début d'après-midi, dans le même café que d'habitude, près de l'hôtel. Il n'a pas dit : près de « notre » hôtel. Jusqu'à maintenant il disait toujours « notre hôtel », même s'ils en avaient plusieurs. Elle ne sait pas quoi dire. Elle murmure son prénom, plusieurs fois de suite, comme si ça pouvait retirer ses paroles et réchauffer sa voix, puis dit qu'on l'attend et qu'elle va le rappeler dans un moment.

— Non, ce n'est pas la peine, répond-il.

*

Salut femme extrême, il semble que tes amours torrides t'aient tuée. Je suis à La Haye. Je pars lundi pour le Congo. Ce soir, les Oustachi ont battu les Teutons 2-1, *m'écrit Gil*.

*

Pendant que Gil est en train d'écrire son roman sur la Cour pénale internationale à La Haye, mon livre *Moreno* vient de sortir à Amsterdam dans la traduction de Martin de Haan. On m'invite alors à une rencontre publique, intitulée *La langue de l'exil*, et on me demande d'écrire un texte là-dessus. Je m'exécute de bonne grâce, même si j'ai l'impression de me répéter et de dire toujours plus ou moins la même chose. Déjà il faut que je précise encore une fois que ne suis pas une exilée, ou bien une exilée de famille : j'ai certainement fui ma mère en me mariant avec un Français et en partant avec lui en France. Et j'ai mis longtemps — vingt ans — à faire le grand saut et à commencer à écrire en français.

Je me revois chez la baronne Beatrice Monti de la Corte von Rezzori, il y a six ans et demi exactement. C'était le pire et le meilleur endroit pour faire mon grand saut. Tous les ingrédients y étaient : la beauté du paysage toscan près de Florence, une propriété chic, transformée en résidence pour écrivains, une chambre dans une vieille tour, une vraie *turris eburnea* au fond de l'oliveraie, la Baronessa, snob et hautaine, veuve d'un écrivain connu dont il fallait parler à table tous les soirs, et la compagnie cultivée et raffinée des écrivains, poètes et autres invités. Mais aussi la compagnie des domestiques, les extra-communautaires comme on appelle en Italie les émigrés de seconde classe : Abdoul le cuisinier marocain, Milika, la femme de ménage albanaise, et Mohammed, l'homme à tout faire berbère ; compagnie pour moi, qui étais instinctivement de leur côté, les autres leur adressaient à peine la parole.

Toutes les nuits, seule dans ma tour, les yeux grands ouverts, je me posais les mêmes questions. Qu'est-ce que je fais là ? Pourquoi vouloir changer de langue à *mezzo del camin* comme dit Dante ? Personne ne m'y oblige, on ne me le suggère même pas ; j'ai un excellent éditeur et une excellente traductrice, et pas seulement en France, mais aussi en Angleterre, en Allemagne, en Italie, même en Grèce…, je pourrais tranquillement continuer à écrire dans ma petite langue, parlée par à peine deux millions de Slovènes, assez belle d'ailleurs, souple, lyrique, émotionnelle, tout le contraire de cérébral et froid. Et puis je ne vais quand même pas trahir les miens, je ne vais pas sortir de cette photo de famille, comme dit Kundera pour les petits peuples. Je ne vais pas me couper de mon enfance et de mon passé en quittant ma langue natale, comme le pense Cioran ? Je ne vais pas continuer à me torturer et à errer dans cette forêt de doutes encore longtemps ? Si ?

Je l'ai fait jusqu'au jour où à Florence, par hasard, je tombe sur un jeune homme qui s'appelle Moreno. Il ne s'est pas passé grand-chose — un inconnu devine mon vœu, modeste, il faut le dire, et le réalise —, mais ce n'est pas là la question. Je reviens chez la Baronessa, j'ouvre une nouvelle page sur mon ordinateur, je l'intitule *Moreno*. Et c'est à partir de ce nom — magique, sans doute — que quelque chose a changé pour moi.

J'ai commencé par répondre « oui » à toutes mes questions nocturnes : oui, j'ai besoin de sortir de la photo de famille, je pense autant à mon petit peuple, à la langue maternelle et à ma mère tout court. Oui, je suis *extracomunitaria*, moi aussi, comme Abdoul, comme Milika, comme Mohammed, le plus seul, le plus *extra-*

24

comunitario de tous. Parce que si je réfléchis un peu, on ne peut écrire que de là, de ce dehors, dehors de toute communauté, idéologie ou nationalisme. On ne peut écrire que contre les siens, on ne peut qu'être *extracomunitario* dans l'écriture ; j'aurais pu y penser plus tôt.

Et je veux prendre pour mienne une langue que je ne possède pas totalement, qui se dérobe sous mes pieds, qui m'empêche une certaine facilité, vernis, bravoure et pirouettes, et m'oblige à aller vers l'essentiel. Et il faudra bien — et c'est ça qui est difficile — que je finisse par trouver mon ton dans cette nouvelle langue. Un ton ou, mieux encore, un son, un pas, ma façon de marcher ; d'ailleurs, l'écriture tient du fonctionnement du corps, du souffle, de la façon de se mouvoir, il suffit d'observer les corps des écrivains autour de soi pour s'en convaincre. Alors je veux bien continuer à m'enfoncer dans ma forêt de doutes ; c'est ça, écrire, et ce dans n'importe quelle langue, maternelle ou non.

*

Je ne peux pas ne pas penser à Richard Millet en recopiant — pomme C pomme V — ce que j'ai écrit pour la soirée à Amsterdam et qui, à vrai dire, tombe bien avec mon histoire de la rupture. Finalement, quand on est dans un livre, même mince et un peu particulier comme celui-ci, tout tombe bien : le réel commence à s'y mêler.

Difficile donc de trouver quelqu'un qui serait plus à mon opposé que RM. Tout nous sépare. Quand on écrit dans une langue qui n'est pas la sienne, on est tout le temps en un lieu nouveau : aucune Corrèze, plateau de Millevaches ou Siom derrière moi. La langue ne sourd pas du passé, ou bien du très récent. Là où RM parle des mots qui sont en train de tomber dans le semi-oubli et appartiennent aux morts, tel « goguenard » — dans *La confession négative* que je suis en train de lire —, je ne peux que sourire : pour moi c'est un mot jeune parce que je l'ai appris tard, dans le dictionnaire, comme la plupart de ceux qui forment mon petit vocabulaire. Non, ce n'est pas tout à fait vrai. Il y a des mots que j'apprends aussi en direct, en situation plutôt, toujours comme une brève illumination : ça veut donc dire ça, lambiner, lutiner, douleur térébrante… J'en apprends tous les jours. Tous les jours j'élargis les frontières de mon monde. Je ne renoue avec rien en écrivant. Rien n'est solide sous mes pieds, rien ne me protège ou me console. Les mots français ne résonnent pas à la même place de mon corps et de ma mémoire qu'en slovène. Je n'entre pas dans le corps de la langue comme RM : elle ne me donne pas mes articulations, ma chair, mes organes, mon souffle… Rien ne m'a été donné : je dois tout

26

inventer. Je suis tous les jours dans la brûlure de la rupture.

Je serais incapable de me lancer dans une phrase comme celle-ci :

J'avais vingt-deux ans et je voyais le monde avec les yeux de Malraux ; je me sentais extraordinairement français ; j'étais persuadé que la France avait encore de l'importance et un rôle à jouer dans le concert des nations, quelque chose d'unique, d'irremplaçable, dont la langue française était tout à la fois l'instrument et l'assomption, l'exercice d'une mystique sans nationalisme, le lieu d'une conscience de la grandeur sans chauvinisme, d'un sentiment national généreux puisque reposant sur la littérature et sur l'art, la France existant tout entière dans l'infini déploiement d'un verbe au frémissement lumineux auquel j'espérais bien participer, un jour, en devenant écrivain, à force d'orgueilleuse opiniâtreté, ou en attendant la grâce au sein d'une patience dont le fait d'écrire serait en même temps la condition et conséquence.

Déjà parce que je suis sincèrement européenne et extracommunautaire, ne voulant défendre aucune cause ou valeur nationale. Et puis tout simplement parce que je ne possède pas assez de grammaire française pour me lancer dans ce genre de phrases arborescentes : c'est trop acrobatique pour moi. Sans parler de tous les imparfaits du subjonctif comme celui-ci, relevé par l'auteur lui-même, « il est possible que je flottasse… ». Je ne pourrais pas, non. Même RM le dit : c'est disgracieux.

Si je parle de RM — la longue phrase est évidemment sienne —, c'est qu'il est mon éditeur et que je l'ai choisi justement pour ça : parce que tout nous sépare. Je me sens protégée par son côté pureté de la langue française et chevalier de l'imparfait du subjonctif : si je vais trop loin, si je trébuche, il va me relever. D'ailleurs, je me vois mieux en face de quelqu'un qui ne me ressemble pas. Moi qui suis antinationaliste, européenne, athée… Qui crois fermement au roman (si j'entre dans le corps de quelqu'un en écrivant, c'est celui de mes personnages, autrement dit de mon roman)… Qui lis la littérature contemporaine, y compris RM… Qui pense que les Anglo-Saxons excellent plus que les Français dans l'art du roman (un Ian McEwan, un Philip Roth…). Qui croit à la modernité métissée… Qui ai signé ce qu'on a appelé la contre-pétition Peter Handke (quand la Comédie-Française a retiré sa pièce du programme). Qui aime le Sud, qui aime danser… Même l'ail et l'oignon, je n'ai rien contre, au contraire.

Quand nous nous voyons, nous parlons de tout — des hommes et des femmes en premier lieu — sauf de littérature. Est-ce que je vais donc « rompre » avec lui parce que tout nous sépare ? Je pourrais hausser les épaules devant ses considérations de toutes sortes, considérant de mon côté que c'est sa façon à lui d'être en rupture, même si les ruptures ont des limites. Peter Handke, par exemple, « injustement attaqué par d'horribles chiens de garde à cause de son émouvante présence aux funérailles de Milošević » ? Je ne lis pas bien, ou, mieux encore : *ne čujem dobro* (je n'entends pas bien), comme disait ce dernier quand la foule serbe n'était pas assez haineuse.

*

Je suis toujours à La Haye. La semaine prochaine à Barcelone Hotel Actual si tu passes par là. Il faut faire l'amour avant de rompre, *écrit Gil.*

*

Mais je vais essayer de tenter quelque chose, moi qui ai eu pendant longtemps peur de la rupture : ce n'est certainement pas par hasard que mes anciens amants sont tous restés mes meilleurs amis et que j'ai mis plus de vingt ans à quitter ma langue maternelle et commencé à écrire en français. Si j'écris sur la rupture, si j'ai perdu mon texte initial, si je dois recommencer, autant y aller franchement et faire une vraie rupture : un texte qui tranche, qui invente, qui fait exploser une forme rigide, qui s'ouvre aux autres. Sauf que je ne veux pas faire comme Sollers, qui m'est pourtant plus proche que RM, question de vitesse, d'axe Gémeaux-Sagittaire (tu es brusque, m'a-t-il dit pendant notre petite séance de pose dans son bureau ; je ne suis pas brusque, je suis rapide) : je ne vais pas emprunter chez les autres, je ne vais pas parler en leur nom, je vais faire mieux : je vais les inviter chez moi. Je monte dans le petit bureau de RM, au deuxième étage des éditions Gallimard. Il est dans sa position habituelle : les pieds sur le bureau, un manuscrit sur les genoux, son chapelet pas très loin. Je m'assieds en face de lui pour lui expliquer mon idée, écrire sur toutes sortes de ruptures : petites, quotidiennes, celles qui rythment nos vies et font qu'on peut continuer. Puis sur les autres, plus décisives, plus douloureuses, celles qui coupent, qui tranchent et laissent une cicatrice invisible qu'on porte comme un signe de victoire. Puis celle qui le concerne, lui, et moi aussi, et qui est au cœur de l'écriture. Parce qu'on écrit toujours contre quelqu'un, n'est-ce pas ? On devient écrivain quand on tourne le dos aux siens, à son lyrisme, aux bons sentiments ?

Je lui répète ce que je viens de me dire à moi-même : si j'ai perdu mon texte initial, si je dois recommencer, si j'écris sur la brûlure de la rupture, allons-y à fond, faisons un texte qui tranche, qui invente, qui s'ouvre aux autres... À lui par exemple : on aura enfin un vrai face-à-face. Est-ce qu'il est d'accord ?

Il m'écoute jusqu'au bout, réfléchit, puis dit « oui ». Il ajoute même que c'est une bonne idée et que ça l'intéresse. Ouf, c'est bien. Ce n'est pas gagné, loin de là, mais c'est parti... J'ai envie de descendre l'escalier à toute allure, comme le fait Sollers.

*

Elle commence à la sentir, la brûlure. C'est dans le haut de l'estomac, une pression qui ne veut pas lâcher, une crampe, une petite boule... Quand elle revient dans la galerie et qu'elle répond à Philippine qu'elle ne se sent pas bien, c'est vrai. « Tu as mal au cœur ? » lui demande son mari qui se trouve à côté. Oui, on peut le dire aussi comme ça : elle a mal au cœur. « Tu veux que je t'apporte un jus d'orange ? demande-t-il. — Quoi ? » Elle le regarde comme si elle ne comprenait pas. Quand le photographe arménien vient lui parler du catalogue dont elle s'occupe avec Philippine — il a une nouvelle idée pour l'ordre des photos —, c'est pire.

Elle l'écoute, mais les mots glissent sur elle comme les gouttes de pluie sur une vitre. Elle ne pense qu'à une seule chose : sortir et lui parler encore une fois, il faut qu'il lui dise que ce n'est pas vrai, c'est une blague, une erreur, une mauvaise mouche qui l'a piqué, ça arrive à tout le monde, ce n'est rien, rien, on oublie, c'est fini… À cinq heures, ils étaient encore heureux tous les deux, chacun de son côté, mais heureux et amoureux. Il lui a envoyé ce SMS sur le printemps et la forêt qui l'a fait sauter de joie, enfin, non, elle a fermé les yeux et a souri toute seule devant un nuancier de teintes murales dans ce magasin de peinture sur le boulevard Beaumarchais. Parce que le printemps n'était pas pour tout de suite, et que ça voulait dire que leur histoire allait continuer au moins jusque-là. Parce que c'était une belle mesure du temps, ce printemps. Parce qu'elle aimait bien ce qu'il lui écrivait. Parce qu'elle l'aimait tout court. Alors il y a quelque chose qui ne va pas. Ça ne peut être vrai. Il faut qu'elle le rappelle. Il faut qu'il le lui dise. Elle ne peut pas continuer avec cette crampe dans l'estomac. Il faut que ça cesse.

Elle se hisse sur la pointe des pieds pour voir où est Philippine. « Qu'est-ce qu'il y a ? demande le photographe. — Est-ce que je peux vous parler un instant, madame ? dit une jeune femme rousse qui vient de s'approcher timidement. Je vous ai envoyé plusieurs mails et vous ne m'avez jamais répondu. » Elle la regarde comme si elle était une extraterrestre. Qu'est-ce qu'elle lui veut ? De quoi parle-t-elle ? Quels mails ? Et l'Arménien ? Ne peut-il pas s'adresser plutôt à

Philippine ? « Je dois passer un coup de fil », dit-elle à tous les deux comme si elle allait manquer d'air et qu'elle devait quitter la galerie sur-le-champ.

— C'est encore moi, fait-elle quand il décroche au bout de quelques longues sonneries.

— Oui, je l'entends... Qu'est-ce qu'il y a ?

— Qu'est-ce qu'il y a ? répète-t-elle sans voix.

Il aurait pu lui dire autre chose. Et puis elle ne reconnaît pas sa voix. C'est un homme qui a une belle voix fine et élégante. Ce soir, elle n'est ni fine ni élégante.

— Oui. Qu'est-ce qu'il y a ? Qu'est-ce que tu veux ?

Soudain elle ne sait pas quoi dire.

— On a convenu qu'on se voyait demain, à trois heures, devant le métro Oberkampf. Dans le café en face du métro. Non ?

Elle attend encore un peu comme s'il allait ajouter quelque chose, bien sûr qu'il va ajouter quelque chose, il ne va pas la laisser comme ça... Au bout de quelques instants quand le silence devient un abîme, elle raccroche en disant un « oui » à peine audible et absurde.

*

Je viens de recevoir un mail de ma rédactrice en chef slovène, une blonde douce et pondérée, qui m'annonce, d'une manière tout aussi douce

33

et pondérée, qu'à la suite d'une grave récession au journal, la direction vient de couper son budget de quarante pour cent, ce qui veut dire qu'elle ne peut faire autrement que de se séparer de ses collaborateurs extérieurs, même les plus fidèles, les plus précieux, les plus anciens comme moi. Elle en est sincèrement désolée, dépassée par les événements, elle ne pensait pas du tout que les choses allaient prendre cette tournure.

Voilà, c'est dit, je suis virée. Sans le vouloir ou encore moins le prévoir, loin de là, je peux ajouter un chapitre à mon éloge de la rupture. Décidément, quand le réel commence à se mêler de mes écrits, il n'y va pas de main molle. Au bout de vingt-huit ans que j'écris pour le même journal slovène, *Delo*, la crise, la fameuse crise dont on nous rebat les oreilles tous les jours, aura donc raison de moi.

Je reste quand même bouche bée : je ne m'y attendais pas. Au contraire, je m'apprêtais à écrire une nouvelle « photo-nouvelle » ou « photo-histoire » comme s'appelle ma rubrique dans ce supplément du samedi de *Delo* : un texte en forme d'une courte nouvelle de trois feuillets, toujours accompagnée d'une photo, prise par moi, la photo et le texte formant un ensemble esthétique. Pendant ces longues années au journal, j'ai tout fait : reportages, critiques littéraires, éditos, interviews, nécrologies... J'ai eu plusieurs rubriques. Mais celle que je préfère de loin, c'est cette dernière, avec sa formule assez inédite : texte + photo. Parce que dans ce monde où tout existe pour aboutir à une photographie, j'essaye de faire un retour au texte par le biais de la photo. J'incite mes lecteurs à regarder la photo, mais à lire aussi le texte, à le lire avec attention, comme on peut lire un texte littéraire. Autrement dit, j'ai deux casquettes : celle de l'écrivain et de la photographe. C'est pour cette page dans *Delo* que j'ai réalisé mon portrait de Sollers avec le masque chinois qui accompagnait le texte intitulé « Roman du masque » (sur *Un vrai roman*, un bon Sollers). J'ai écrit aussi sur Simone de Beauvoir, sur le narcissisme en littérature, les vélos à Paris, sur la merveilleuse peintre finlandaise Helene Schjerfbeck, l'étonnante Louise Bourgeois, la jalousie de Catherine Millet, *La grande vague* de Hokusai, la parole de Françoise Dolto, les trois versions de *L'amant de Lady Chatterley*… Et la liste est longue. Et elle va s'arrêter là. C'est donc fini.

Je ne vais pas commencer à protester ou crier au scandale, même si j'ai un goût amer dans la bouche. Je ne suis pas vraiment à la rue, mais il faudra que je trouve autre chose. Sauf si je décide de mettre toutes mes billes dans la littérature, pas très prudent comme idée, pour ne dire que ça, surtout en ce temps de crise. Pour le moment, ce qui me reste à faire, de toute urgence, est de m'habiller le plus légèrement possible, de me maquiller, parfumer, prendre mon vélo et aller danser quelques tangos.

*

J'ai fait un drôle de rêve. Une femme inconnue m'a prêté son manteau de fourrure. Un très joli manteau, léger, doux, soyeux, voluptueux, assez sexy — on peut être nue en dessous, ai-je pensé —, un vison certainement, qui m'allait comme un gant. J'étais bien dedans, il me plaisait, je me sentais une autre, je ne voulais plus le rendre. Il était à moi. Le grand jeu consistait ainsi à semer la propriétaire de vison dans les rues de Paris en me pavanant dans son manteau. C'était burlesque et lamentable à la fois.

Le matin, j'ai essayé de comprendre : interpréter les rêves, les signes, les hasards ne veut pas dire forcément trouver la réponse, mais se parler à soi-même. Pourquoi je voulais à tout prix garder cette fourrure ? Je n'ai jamais porté de manteau de fourrure, je n'ai jamais rêvé d'en avoir un, ce n'est pas mon genre, je ne me vois pas sur mon vélo en manteau de vison, je ne suis pas une femme de luxe, tout au plus une femme de goût, raffinée mais pas bourgeoise, m'a dit un jour Sollers.

Alors, qu'est-ce que fait ce vison dans mon rêve ? Peut-être a-t-il quelque chose à voir avec

Claude Berri, qui vient de mourir. Fascinée depuis toujours par les autodidactes, les gens qui se font seuls, qui partent de rien, j'ai lu tout ce que j'ai pu trouver sur lui. J'ai donc appris qu'il avait commencé comme fourreur dans l'atelier de son père, assortisseur de queues de vison, avant de devenir acteur, puis metteur en scène, puis producteur, puis collectionneur d'art contemporain.

Mais je peux faire une autre interprétation de cette belle fourrure dans mon rêve. J'ai été un manteau de vison pour mon journal, un pur luxe. Ma rédactrice en chef ajoutait souvent la mention « Paris » après mon nom. BS, Paris. On se paye une collaboratrice à Paris. Ça faisait plus chic, encore plus luxe, plus rare et plus cher, parce que importé de Paris. Mais, loin d'être de première nécessité, je vais passer à la trappe en premier. Pas besoin d'art et de culture quand il faut se serrer la ceinture. On range le vison. Adieu alors, Helene Schjerfbeck, Louise Bourgeois, *La grande vague* d'Hokusai, poubelle.

*

J'ai bien hâte de vérifier si tu dis vrai à propos de la douceur de tes jambes. Puis nous rompons, *écrit Gil*.

*

Revenue enfin à la maison — elle n'en pouvait plus de la soirée à la galerie AM —, elle n'a qu'une chose en tête : comment tenir jusqu'au lendemain, trois heures, devant le métro Oberkampf où tout va rentrer dans l'ordre. Elle se déshabille, met sa robe de chambre. Son mari ouvre une bière, pour rincer le champagne, dit-il.

— Tu en veux ? demande-t-il en s'asseyant sur le canapé et en expirant bruyamment.

Elle dit oui, puis non, puis qu'elle va téléphoner à sa mère qui lui a laissé un message. C'est parfaitement vrai, même si elle va l'appeler pour penser à autre chose que les deux SMS, les deux coups de fil et la petite crampe en haut de l'estomac. Quand elle revient, son mari a terminé sa bière et veut se coucher.

— Qu'est-ce qu'il y a ? dit-il, lui aussi.

— Rien...

— Comment rien ?

— Est-ce que je suis moche ?

Il la regarde avec exaspération.

— C'est ma mère qui vient de me le dire.

— C'est pour ça que tu pleures ? Tu sais bien que c'est une folle. Je ne vous comprends pas toutes les deux. Je vais me coucher...

Elle s'assied sur le canapé du salon. Elle se touche le visage : elle ne savait pas qu'elle pleurait. Ce n'est pas une folle, sa mère, pas encore ; elle a juste des accès de méchanceté. Elle lui a dit qu'elle avait trouvé une photo d'elle dans

38

son tiroir à photos où elle n'était pas belle. C'est ça, pas belle du tout. Elle a même insisté : nez trop long, rides autour des yeux, peau triste, cou fripé... Elle ne savait pas d'où elle sortait, cette photo, mais c'est sûr qu'elle n'était pas jolie dessus. Et pourquoi elle ne disait rien ? Pourquoi ce silence ? Elle pourrait répondre quelque chose quand même, non ? Non, elle ne pouvait pas. Comment ça ? Elle ne pouvait pas. Elle était sans voix. Elle voulait aller voir dans la salle de bains si elle avait vraiment un nez trop long, des rides, une peau triste... Si elle était moche, quoi. Parce que, depuis quelques mois, elle croit plutôt le contraire. Elle se trouve jolie, c'est ça, jolie, même avec son nez trop long — enfin, il ne faut pas exagérer —, les rides autour des yeux, mais, à son âge, c'est normal. Quant au cou, il n'est pas fripé, non, elle est catégorique là-dessus, et sa peau n'est pas triste non plus, plutôt le contraire, surtout après l'amour. Après l'amour, elle est rose, gorgée de plaisir et de sérénité. Oui, elle se trouve jolie depuis quelque temps. C'est ça, être amoureux : on se voit soudain dans un éclat qu'on ne se connaissait pas. On est comme neuf. On se regarde différemment. On a envie de s'acheter des vêtements. On sourit aux gens dans la rue. On est heureux sans raison précise. On se rend compte que la place de la Bastille au mois de mai embaume les tilleuls. Et l'odeur des tilleuls devient sur-le-champ et pour longtemps l'odeur de l'amour. On remarque des choses qu'on n'a jamais remarquées. Tout devient possible. C'est ça, la grande rupture : tomber amoureux. Comment se fait-il que j'y songe seulement maintenant, au moment précis où cet homme est en train de me quitter ? pense-t-elle.

Bien sûr elle n'a rien dit de tel à sa mère. Elle s'est arrêtée à la phrase : « Pourquoi je ne dis rien ? Je dois aller à la salle de bains. » Puis elle a ajouté qu'elle l'appellerait demain, bonne nuit, c'est ça, bonne nuit, au revoir, merci... Merci ? Non, pas merci.

*

Je regarde ce que fait le transit d'Uranus sur mon ciel natal. J'aime bien savoir où sont les planètes et connaître les angles qu'elles forment entre elles. Où se trouve Saturne, le grand architecte ? Et Jupiter, amplificateur de bonnes et de mauvaises choses ? Qu'en est-il du couple infernal Mars-Vénus ? Et de l'intrépide, l'espiègle, le talentueux Mercure ? L'astrologie est une autre façon de mesurer le temps et de comprendre son destin, même si l'on sait bien que « nos fautes ne sont pas dans les étoiles mais dans nos âmes prosternées », comme dit Shakespeare. Mais ce qui m'intéresse aujourd'hui est plus précis : que fait mon Uranus ? D'où mon soudain intérêt pour la rupture ?

— Vous écrivez un éloge de la tendresse ? demande J.-B. Pontalis, mon voisin dans la petite bibliothèque chez Gallimard, quand il m'entend parler du petit éloge avec une attachée de presse, lui signant son nouveau livre, *Le songe de Monomotapa*, dans la collection blanche, moi mon vieux *Coco Dias ou La Porte Dorée*, en Folio.

— Tendresse ? Pourquoi la tendresse ?

— Ça vous va bien…

— Vous croyez ?

En bon psychanalyste, il se satisfait d'esquisser un sourire.

Un peu plus tard, traversant à vélo le Louvre et continuant plus haut, sur l'Opéra et encore plus haut, vers la place de Clichy, pédalant vers la rue de la Condamine, où habite Élisabeth Barillé, amie, puis ex-amie, ne sachant pas encore que le livre dédicacé par J.-B. Pontalis que j'ai dans mon sac est justement un livre sur l'amitié, je me dis qu'il a raison (ouf, c'est une phrase à la RM, en moins bien, évidemment). Pourquoi la rupture et non plutôt la tendresse ou le tango, tellement plus louables, j'en conviens ? Est-ce que les choses arrivent quand elles doivent arriver ? Est-ce qu'il y a un bon *timing* dans nos vies ? Est-ce une coïncidence que mon désir d'écrire sur la rupture se manifeste pendant un transit d'Uranus, planète de la rupture par excellence, situé dans mon ciel natal en cancer, dans la onzième maison, maison de l'amitié justement ?

Je lis dans mon horoscope : « Souvent, le moment du transit précis correspond à une rupture soudaine avec quelque circonstance restrictive, comme une personne, un travail ou simplement un mode de vie. » Et plus loin : « Vous ressentirez la rupture elle-même comme un énorme soulagement, une détente. »

*

Quand j'arrive chez EB, je n'ai évidemment pas encore lu le livre que j'ai dans mon sac. EB habite un vaste appartement qui lui ressemble : raffiné, sensuel, baroque… Entre boudoir et ashram, comme elle le dit elle-même. Le moindre objet est là pour être vu, affirmé, apprécié : n'est beau que ce qui porte la marque de notre choix.

Nous nous sommes rencontrées voilà quelques années : elle est venue chez moi pour faire un portrait-interview à la sortie de mon deuxième roman dans la collection « Du monde entier ». À l'époque, elle travaillait pour un magazine féminin et avait sorti un roman en même temps que moi, chez le même éditeur. Elle m'a interrogée sur le rapport douloureux à la mère — mon roman s'appelait *Mort d'une prima donna slovène* et traitait d'une relation sado-masochiste et mortifère entre une mère et une fille — sur

Cioran, Nabokov, Beckett, mes insomnies, la nostalgie, l'âme slave... En un mot, sur tout ce qui touchait à la rupture que j'étais en train de préparer sans le savoir, aussi grande si ce n'est plus que celle que j'ai faite, à vingt-trois ans, en quittant la Slovénie, pour mettre mille deux cents kilomètres entre ma mère et moi : la rupture avec ma langue maternelle. Quelques semaines plus tard, j'ai écrit une nouvelle pour *Le Monde*, « L'été où Marine avait un corps », mon premier texte en français, et EB en a été sa toute première lectrice, à Metz, lors d'un salon du livre où nous avions été invitées en même temps.

« Il y a des inexactitudes dans ce que vous avez écrit sur moi, lui ai-je dit au téléphone après la publication de son article. — Les inexactitudes nous protègent, a-t-elle répondu en citant Cocteau, avant d'ajouter : Voyons-nous. Dînons ensemble. »

On s'est retrouvées dans un petit resto sur le boulevard de Courcelles, à vélo toutes les deux, à mi-chemin entre chez elle et chez moi. Différentes et semblables, comme dit J.-B. Pontalis, on avait tout de suite plein de choses à se dire, et ce dîner a été le premier d'une longue série. Des dîners entre filles, non, entre femmes plutôt, dans les petits restaurants du dix-septième arrondissement, puis autour de la Comédie-Française et de l'Opéra, asiatiques ou indiens, dont nous exigions surtout la tranquillité. Des dîners où l'on se nourrissait de bien d'autres choses que de *sushis*, *nems* ou autres rouleaux de printemps, et qui nous laissaient repues de ce beau sentiment : « parce que c'est toi, parce que c'est moi » dans son sens le plus littéral : parce qu'on ne se ressemble pas justement, parce que toi c'est toi, moi c'est moi.

Puis un jour, la série s'est arrêtée. « Je ne vois plus Élisabeth, ai-je dit à RM qui est devenu, sur les conseils d'Élisabeth, aussi mon éditeur. — Vous êtes terribles, les femmes... », s'est-il exclamé, un brin misogyne comme à l'accoutumée. À quoi il a ajouté, que de toute façon, il ne croyait pas à l'amitié entre les écrivains. « Ça n'existe pas », a-t-il dit.

*

Je lui raconte donc — à EB, devant un thé vert de l'Himalaya — que je suis en train d'écrire un éloge de la rupture. Elle connaît l'exercice, elle en a fait un, elle aussi, ainsi que RM : éloge du sensible pour elle, éloge d'un solitaire pour lui. J'aurais pu le deviner : on a tous nos thèmes favoris et notre façon de marcher, ce n'est pas qu'un coup d'Uranus. C'est ce que j'aurais dû répondre à J.-B. Pontalis quand il s'étonnait de ma volonté d'écrire sur la rupture et non sur la tendresse. J'aurais dû lui dire que la rupture

44

était mon fil rouge, que petite — finalement on en vient toujours à papa-maman avec les psychanalystes — je tremblais à l'idée que mes parents divorcent, ce qu'ils ont fini évidemment par faire, et que plus tard et pendant longtemps, j'avais peur qu'on me quitte, que je transformais régulièrement mes amants en amis et que je vivais depuis trente et un an avec le même homme. Mais j'aurais pu ajouter — et c'est là l'essentiel — que j'étais en même temps attirée par le vide sous mes pieds, que j'ai fait plusieurs grands sauts dans ma vie, persuadée que notre vitalité se mesure à notre capacité de rupture. Ou, comme me dira plus tard un ami avec qui je partirai au ski : il faut couper, et non déraper. Ou comme l'écrira Gil quand il va changer de registre : le mystère qu'est l'audace, la capacité de sauter dans la vie, la raison qui évalue ses propres passions.

Mais je n'en suis pas encore là. Pour le moment je suis assise devant EB, amie, ex-amie, puis amie de nouveau, il me semble du moins. Soudain, en buvant du thé de l'Himalaya, je me dis que notre dialogue, le vrai, celui qui ne tourne pas en rond mais veut comprendre, pourrait avoir lieu ici, dans ce petit livre. Ne voulais-je pas faire un texte qui tranche, qui invente, qui expérimente, qui s'ouvre aux autres ? N'avons-nous pas tous quelque chose à dire là-dessus ? RM se met volontairement en rupture avec tout le monde, disant que plus personne ne sait écrire aujourd'hui, nous mettant au passage dans le même panier : pour moi encore, ça peut se comprendre, je suis une métèque, une extra-communautaire, le français n'est pas ma langue maternelle, tandis qu'EB le manie avec élégance et classe. Et nous deux, nous avons bien vécu ce qu'on peut appeler une rupture amicale. Qu'est-ce qu'elle en pense ?

*

Quand elle se lève le lendemain matin — elle a pris un somnifère pour pouvoir s'endormir —, il est sept heures et demie. Sa crampe dans le haut de l'estomac est tout de suite là, comme si elle n'avait pas fermé l'œil de la nuit. Elle allume la radio, comme d'habitude, pour l'éteindre presque aussitôt : impossible d'écouter une autre voix que sa voix intérieure. Son mari dort encore. Son fils aussi. Elle se prépare un thé, fait griller des tartines. Elle n'a aucune idée de comment tenir jusqu'à trois heures de l'après-midi. Il y a la cuisine à nettoyer, il faut qu'elle range son bureau, elle ne se retrouve plus dans son désordre. Il faudrait faire des courses. Elle peut se laver les cheveux, oui, bien sûr. Et puis surtout, c'est important, elle a rendez-vous avec le photographe arménien, à dix heures, pour revoir le nouvel ordre des photos du catalogue.

Non, ce n'est pas vrai, elle ne peut pas, se dit-elle au bout d'un moment. Elle ne peut pas nettoyer la cuisine. Ne peut pas se concentrer pour ranger son bureau, ne voyant déjà pas clair en elle-même... N'a pas envie de sortir pour aller au supermarché. Ne sait pas si elle veut se laver les cheveux, elle ne croit pas, non, plus tard peut-être, mais pas maintenant, c'est trop, c'est au-dessus de ses forces. Quant au photographe, elle va appeler Philippine pour lui demander d'aller au rendez-vous à sa place. Ce n'est pas très sérieux, d'accord, c'est son client et non celui de Philippine, c'est le deuxième catalogue qu'elle réalise pour lui, mais c'est comme ça, elle n'y peut rien.

Elle s'assied sur le canapé du salon et regarde par la fenêtre. Le ciel est mouvant, mauvais. Il doit faire froid, surtout avec ce petit vent nerveux qui siffle devant la fenêtre. On est encore en hiver, c'est normal. Le printemps n'est pas pour demain. Si, il y a une chose qu'elle peut faire, pense-t-elle soudain, comme si le mot « printemps » lui en avait soufflé l'idée : elle peut relire ses SMS.

Oui, elle va faire ça, se dit-elle en se levant et en allant voir sur son bureau. Elle a toujours aimé ce qu'il lui écrivait. Les petits textes brefs, très bien écrits, parfois excessifs, lyriques, un peu allumés... surtout venant de la part d'un homme sérieux, mesuré, timide et somme toute

47

assez compliqué. C'est peut-être ça qui lui a plu chez lui ? Ses SMS qu'il envoyait par paquets, six, sept, voire plus par jour ? Depuis qu'elle le connaît — un an bientôt — il n'y a pas eu un seul jour où elle n'a pas reçu un « bonjour, mon amour, bien dormi ? » ou « t'enlace toute au réveil » de sa part. Si le matin, en allumant son portable, elle n'avait pas trouvé un de ses petits mots tendres, elle s'affolait, pensant qu'il lui était arrivé quelque chose, un accident de voiture, un accident tout court.

Est-ce donc ça qu'elle aime chez lui ? Ces textes brefs et incisifs qui savent si bien, en deux, trois traits de crayon, décrire un ciel, une flaque d'eau sur le pavé désert, un halo de bruine, une paroi de montagne... Ou dire l'impatience du désir, l'envie de la prendre et de s'engloutir en elle, la hâte de sa peau, de son rire, de son odeur, de sa bouche, de ses seins, de ses lèvres... Ou bien simplement déclarer qu'il l'aime, qu'elle est la clé de sa beauté et qu'il est heureux.

Ou bien est-ce son visage, ses grands yeux d'un bleu perçant, changeant, tantôt ciel, tantôt glace ? Sa belle bouche, sérieuse, gourmande, frémissante ? Son corps chaud et délicat ressemblant aux corps des héros antiques sur les tableaux du dix-huitième ? Son sexe, encore plus délicat, doux et tyrannique que tout le reste ? Son odeur qui se mélange si bien à la sienne ?

Ou bien ce sont ses baisers, le premier surtout :

ils ont mis une petite éternité à s'embrasser, à se retrouver soudain, pleinement et totalement, dans un endroit aussi radicalement étranger que la bouche de l'autre ?

Ou sa façon de lui faire l'amour, par moments maladroite et inquiète, mais encore heureux, on est toujours amateur dans l'amour physique, n'est-ce pas ?

Ou bien son allure d'homme peu assuré, hésitant entre sa féminité et sa masculinité, entre son lyrisme et son versant sombre, entre son manque de conformisme et le conformisme tout de même ?

Qu'est-ce qu'on aime chez un homme, en fait, se demande-t-elle devant son bureau, cherchant fébrilement le petit carnet où elle a recopié ses SMS, comme si elle pouvait y trouver une réponse. Où est-il, ce carnet, quel bazar sur ce bureau, c'est sûr qu'il faut qu'elle le range, elle ne trouve plus rien. Qu'est-ce qu'elle a pu en faire, elle ne peut pas le perdre, c'est tout ce que j'ai de lui, c'est mon trésor, se dit-elle, sentant soudain son regard s'embuer comme le miroir de la salle de bains quand on se fait couler un bain.

*

Je reviens vers EB : entre-temps, elle m'a dit qu'elle voulait bien qu'on parle ensemble de notre rupture. Puis j'ai lu le petit livre sur l'amitié que je transportais dans mon sac la dernière fois quand je suis allée chez elle. J'ai pu vérifier — c'est ça, la lecture, on vérifie ce qu'on sait déjà ou, mieux encore : ce qu'on ne savait pas qu'on savait — deux, trois choses sur l'amitié. Que l'amitié, contrairement à l'amour, ne prétend pas à la plénitude : « On a beau attendre beaucoup de l'ami, on n'attend pas *tout* de lui », dit J.-B. Pontalis. Que l'amitié est réciproque, ce qui n'est pas toujours le cas de l'amour. Qu'il y a des saisons de l'amitié : l'adolescence, ou bien plus tard, après la saison brûlante et orageuse des passions amoureuses. Que les amitiés se font et défont comme tout le reste. Que l'amitié véritable est disjointe de la sexualité, c'est-à-dire que l'appartenance au même sexe garantit la similitude. Que l'amitié entre un homme et une femme est envisageable, surtout si elle a été précédée d'une relation amoureuse qui s'est terminée sans dégâts. Et même : que l'amitié entre les écrivains n'est pas à exclure, contrairement à ce que pense RM.

On peut commencer par là. C'est notre cas. Nous avons été amies et secrètement, inavouablement, forcément aussi rivales, n'est-ce pas.

*

Forcément ? Pourquoi ? La rivalité t'apparaissait-elle comme une nécessité « secrète » ? L'irrésistible moteur de notre envie de mieux nous connaître ?

Toute rivalité a pour enjeu l'occupation, voire la domination, d'un espace, quel qu'il soit. En ce qui nous concerne nous pourrions identifier cet espace comme « la littérature » ou « le monde des livres ». Ton « forcément » me laisse donc à penser que la littérature t'apparaît forcément comme un lieu de pouvoir dont les livres et l'accueil qu'on en fait seraient à la fois les paramètres et les outils…, *écrit EB.*

*

Il faut que tu saches que je n'ai rien contre la rivalité. Déjà le mot me plaît : courant le long des deux rives de la rivière, riveraines de la même ambition. Et puis elle est partout, la rivalité. Entre une mère et une fille, j'en sais quelque chose ; ma mère en a été une vraie experte. Elle voulait toujours être meilleure, plus belle, plus grande, plus intelligente, avoir raison… Et les triangles amoureux avec leur secret équilibre ? « L'amour a besoin du troisième », déclare un de mes personnages dans le roman que j'ai sur le feu. Et les copines entre elles ? On envie toujours ceux et celles qui nous sont proches, tu ne trouves pas ? Je ne vais quand même pas envier le succès ou la beauté de quelqu'un que je ne connais pas.

Dans la littérature — nous y sommes, parlons-en — c'est la même chose, qu'on le veuille ou non. La rivalité, mais aussi l'orgueil, la fierté, la compétition : on ne va pas les chasser de l'écriture, puisqu'ils en sont le moteur. Il faut les dévoiler plutôt, les mettre au grand jour, les traiter avec le sourire. C'est ce que j'ai fait avec Natacha et Valérie dans *Coco Dias ou La Porte Dorée* : amies et rivales littéraires. M'inspirant de nous, tu l'as bien deviné, en exagérant, comme toujours dans la littérature, parce que l'art commence quand on sacrifie la fidélité à l'efficacité. Mais à ce moment-là, on n'était plus amies, on avait rompu — voilà, c'est ça, mon sujet principal — et je ne savais pas pourquoi. Tu me répondras ?

*

Ce qui a été rompu, c'est le dialogue, *écrit EB*. Notre rupture n'a pas été consommée par une altercation, une scène précise. À un moment, nous avons cessé de nous appeler, et sans doute ai-je été la première à ne plus composer ton numéro. Pourquoi ? Pour dire les choses brutalement (sans vernis) j'étais un peu lasse de t'entendre me parler de tes romans, tes traductions, tes problèmes, tes salons du livre, les mer-

52

veilleuses rencontres que tu y faisais, les admirations que tu semais. Au plaisir que j'avais eu à t'écouter quand nous nous sommes rencontrées faisait place une lassitude. Bien sûr, tu finissais toujours par me demander : et toi ? Mais à cet instant, la lassitude avait fait son travail de sape, et l'orgueil (tu as raison sur ce point) me commandait de ne pas te rejoindre dans la complainte de l'ego triomphant ou déçu. En me taisant, sans doute avais-je le sentiment de te battre sur le terrain d'une certaine élégance intérieure (le fameux *Never complain, never explain*). Évidemment, se croire lucide n'implique pas qu'on l'est...

*

Veux-tu dire par là que notre RM a raison : difficile, voire impossible, une amitié entre deux écrivains ? On se compare, on se mesure, on s'agace, on est jaloux, on ne sait pas être généreux, on n'est pas capable de se réjouir pour l'autre ?

*

Tu vas bien vite en besogne : d'un cas particulier — toi et moi — tu tires du général !

*

Non, j'y ai mis un point d'interrogation.

*

Ce qu'a de difficile, sans doute, cette amitié-là, c'est qu'elle se déploie à l'intérieur d'un même territoire, soumis aux logiques assassines du succès, de la reconnaissance. Se réjouir pour l'autre, c'est possible, à condition seulement d'être parfaitement heureux soi-même, succès ou pas. Or les écrivains, pour la plupart, estiment n'être pas reconnus à la hauteur de leur talent, même les plus célèbres, c'est une chose qui m'a toujours frappée : la frustration régnant dans ce milieu. En sommes-nous épargnées, crois-tu ?

*

Non, je ne crois pas. Tu tentes de t'en sortir par le haut, affichant une certaine élévation et indifférence, tandis que moi je fais le contraire, je m'enfonce plutôt, essayant d'enfoncer le clou au passage. Il faut ajouter quand même — important dans notre cas — que nous ne sommes pas célèbres. Encore heureux, parce que, sinon, on n'en serait pas là, à parler de la frustration... À vrai dire, je ne fréquente pas assez le « milieu » pour pouvoir en dire quelque chose : mon seul milieu ces dernières années est celui de danseurs de tango, pas vraiment « milieu » en plus, parce que les gens viennent de tous les milieux.

Mais tu as certainement raison pour la frustration des écrivains. Nous en avons besoin, elle fait partie de notre humus. C'est un fertilisant comme un autre, tu ne trouves pas ? Serais-tu plus sereine ? On n'est pas dans le yoga qu'on pratique toutes les deux avec assiduité, mais face à un travail de création qui est plus que tout autre travail sujet aux incertitudes et aux doutes. Je parle pour moi.

*

L'incertitude, les doutes, la lassitude pavent, bien sûr, notre voie d'écriture, idem pour moi, évidemment. En revanche, je ne crois pas que la frustration soit un humus, l'humus nourrit, la frustration dessèche...

*

Une question de dosage plutôt, non ? Un bon équilibre entre la frustration et la satisfaction, les doutes et la confiance. C'est peut-être ça, le plus difficile : croire tous les jours en soi, c'est-à-dire en son roman, en ses personnages, en l'histoire qu'on raconte. Voilà la raison pour laquelle Valérie téléphone de temps en temps à

Natacha : parce que soudain elle se met à douter, elle ne sait plus si elle est sur la bonne route. Sauf que — mais là, on est dans la fiction — elle est obligée de composer avec les réponses de Natacha, autrement dit avec leur petite rivalité : si Natacha dit oui, c'est plutôt non et ainsi de suite.

Moi, en tout cas, j'aimais bien jouer à Valérie et Natacha avec toi, sans rivalité, si possible, en prenant un oui pour un oui et un non pour un non, en contredisant par là quotidiennement notre RM. Mais personne n'est parfait et nous non plus. Au moins on en parle, c'est déjà quelque chose, tu ne trouves pas ?

*

Au fond, ce qu'on supporte mal, dans l'amitié, comme dans l'amour, mais d'une manière générale dans la vie, c'est l'impermanence des choses. Une amitié qui s'achève nous prouve que rien en ce monde n'est éternel, que tout ce que nous entreprenons, espérons, désirons, se transforme, se fane, puis disparaît. Toute rupture, me semble-t-il, nous rappelle cela, d'où le ressentiment qu'on a pour ceux qui nous ont lâchés ! Face à une rupture, on peut soit accuser, souffrir et se rouler par terre, soit chercher à comprendre ses ressorts secrets, comme nous avons brièvement ici tenté de le faire dans cette reprise de dialogue... Pour conclure que si rien ne dure, rien ne meurt vraiment tout à fait, tout se transforme ! *m'écrit EB, avant d'ajouter « à toi », que je ne sais pas trop comment interpréter. Mais le faut-il ?*

*

Si je t'ai donné le nom de l'hôtel, c'est parce que j'espère toujours ce petit acte romanesque et fou du voilà, je suis là, *écrit Gil. Avant d'ajouter* : Mais évidemment tu conserves cela pour des romans et tu me répondras quand je serai dans l'avion entre La Haye et le Congo.

*

Ma mère est à l'hôpital. Rien de très grave : elle est tombée devant sa maison. Vu le très mauvais état de son squelette, on pouvait craindre une fracture. D'après ma cousine, « presque médecin » comme je l'appelle, tant le corps humain n'a pas de secrets pour elle, il n'en est rien. Pas de fracture, juste les douleurs et une certaine apathie, perte de repères, aggravation de son état de sénilité précoce, non, sénilité tout court. Quand elle rentrera chez elle, ça ira mieux, dit ma cousine.

La mort de ma mère, personnage central de ma vie, même si j'ai tout fait pour vivre loin d'elle, sera pour moi, aucun doute là-dessus, la mère de toutes les ruptures. Il faudra que je commence à l'envisager, à l'apprivoiser, à la regarder en face. Fin d'un duel sans fin ? La rupture finale, comme elle me l'a proposé de temps en temps pendant nos disputes, on peut rompre, si tu veux, disait-elle avec un petit sourire, c'était son arme, la pointe empoisonnée de l'épée, elle savait bien que sa proposition me terrifiait, me paniquait, me clouait sur place sans voix, surtout que je savais qu'elle en était capable, puisqu'elle l'avait déjà fait avec plusieurs personnes, dont mon père ? Ou bien la fin tout court, la disparition qui va me laisser encore plus orpheline qu'avant ? Ou bien autre chose que je suis incapable d'imaginer ?

C'est vrai, pourquoi ne pas faire plutôt un petit éloge de la tendresse, comme semblait me le suggérer J.-B. Pontalis ? Déjà le mot me plaît : *tendresse*. C'est encore plus infini en anglais : *tenderness* (D. H. Lawrence a pensé à ce titre pour son *Amant de Lady Chatterley*). Plus profond en espagnol : *ternura*. Plus léger en italien : *tenerezza*. Infiniment caressant en slovène : *nežnost*.

Ou un petit éloge du tango, une des meilleures choses que je connaisse pour sortir de soi, pour ne pas penser ? Ne pas penser à la mort, à la rupture (un mot que je n'aime pas, a dit J.-B. Pontalis).

58

Elle n'y est pas encore. Elle regarde sa montre. Il est midi, midi et demi, pour être précis. Leur rendez-vous est fixé à trois heures : il lui reste deux heures et demie à tuer. Il faudra qu'elle prépare quelque chose à manger. Son mari et son fils, qui sont allés faire du vélo, comme souvent le samedi matin, vont rentrer d'un moment à l'autre. Ça va l'occuper, c'est bien. Elle n'en peut plus de tourner en rond, de regarder l'heure et de se demander pourquoi cet homme qu'elle aime, c'est ça, elle l'aime, veut la quitter.

Elle ouvre le frigidaire : il n'y a pas grand-chose, elle n'est pas sortie pour aller faire les courses. Si, il y a des artichauts dans le bac à légumes, pas de toute première fraîcheur, mais artichauts quand même. Une bouteille de vin blanc entamée qui traîne. Une vieille croûte de parmesan. Qu'est-ce qu'on peut faire avec ça ? Des spaghettis, se dit-elle, elle peut cuire des spaghettis aux artichauts, tout le monde aime ça.

Elle commence par éplucher l'ail. Deux, trois gousses à décortiquer et à couper finement. Ça occupe les mains, c'est sûr, mais sans chasser pour autant la crampe dans son estomac. Vient le tour des artichauts. Enlever feuille par feuille pour n'en garder que le cœur. Un, deux, trois, quatre cœurs d'artichaut. Aurait-elle « un cœur d'artichaut », se demande-t-elle en regardant le tas de feuilles devant elle ? Il y a une semaine, un beau jeune homme blond était assis en face d'elle dans le train. Il lisait *Le Monde diplomatique*, la regardait ouvertement, lui souriait, puis l'avait attendue sur le quai pour marcher à côté d'elle vers la sortie. « On va boire un verre, voulez-vous ? a-t-il demandé quand leurs chemins allaient se séparer. — Oh, non, merci », a-t-elle répondu, quoique ravie de son invitation. Elle aurait pu dire que depuis quelque temps, elle était tout sauf « un cœur d'artichaut », pense-t-elle en coupant les cœurs en fines tranches. Voilà... Et maintenant, pendant que l'eau chauffe pour les spaghettis, elle va faire dorer l'ail dans l'huile d'olive, elle va y verser les artichauts — il aurait fallu une tomate bien mûre coupée en dés, mais pas disponible en cette saison —, saler, poivrer, ajouter du vin blanc, puis du piment, beaucoup de piment.

— Tu as mis trop de piment... Tu en mets toujours trop. Regarde, ça te fait venir les larmes aux yeux..., lui dit son mari, une fois tous les trois à table.

Elle continue à fixer sa montre. Une heure et demie. Il lui reste exactement une heure et demie avant son rendez-vous. Et il faut qu'elle se lave les cheveux. En plus, elle n'a aucune idée de comment s'habiller. Est-ce qu'elle va s'habiller, d'ailleurs ? S'habiller, c'est se mettre en scène, qu'on le veuille ou non. Est-ce qu'elle a envie de se faire belle pour la dernière fois ? se demande-t-elle. Non, non, ce n'est pas la dernière fois, se corrige-t-elle aussitôt. Ça ne peut pas être la dernière fois. Il lui est arrivé quelque chose. Il a passé une mauvaise journée. Il a eu un coup de blues, alors il lui a envoyé le deuxième SMS, celui où il dit qu'il va l'emmener en forêt. Non, ce n'est pas ça, elle est en train de s'emmêler les pinceaux. Celui où il dit qu'il sort de sa vie. Qu'est-ce que ça veut dire, sortir de la vie de quelqu'un ? Il ne peut quand même pas décider unilatéralement de sortir de sa vie ? Si ?

— C'est tout ce que tu manges ?

Songeuse, elle scrute son assiette. Non, elle ne va pas s'habiller. Elle ne va pas se laver les cheveux. Elle ne va pas se maquiller non plus. Elle va rester comme elle est, en jean et pull bleu. Elle ne sait même pas ce qu'elle a mis comme culotte ce matin. Elle va prendre le métro. Elle va descendre à la station Oberkampf. Elle va trouver le café devant la bouche du métro. Elle va le voir tout de suite en entrant dans le café. Lui aussi va la voir tout de suite, avant même qu'elle ne le voie, elle. Ils vont se sourire comme toujours quand ils se rencontrent. Ils vont se prendre dans les bras, et ce sera fini. Ce sera comme avant.

— Tu rêves, c'est ça ?

*

RM vient de me dire au téléphone qu'il n'a pas le temps pour notre conversation dans mon texte.

— On m'a commandé un opéra, dit-il, tout excité.

— Mais tu ne peux pas me dire non maintenant ! Je compte sur toi. Tu es dans mon livre. Tu es un des personnages. Je dialogue avec toi... Enfin, pas encore...

— Je te dis que je ne peux pas. Et ce n'est pas grave...

— Si, c'est grave.

— Débrouille-toi, ma belle... Débrouille-toi autrement. Je n'ai vraiment pas le temps, tu comprends... J'ai un opéra à faire. À bientôt...

Un moment de grand silence : je crois toujours que les gens vont se raviser — opéra ou pas opéra — au dernier moment.

— Oui, c'est ça, à bientôt...

*

Il faudra que je me débrouille, c'est sûr. Finalement, j'aime bien ça : voir ce que ça peut donner si on enlève un élément, un chapitre, un personnage, chercher des solutions, se débrouiller justement. Autrement dit : j'aime bien la composition. Voilà une autre chose qui nous sépare avec RM : lui écrit ses romans, moi je les compose.

Lui croit à la phrase. Il suffit de bien sentir la première pour se lancer dans un roman. Tout sourd de la phrase ; c'est elle qui fait les bonds de temps en arrière et en avant, pas la peine de se casser la tête pour voir comment passer du présent au passé : on fait une longue périphrase dans la phrase et l'affaire est réglée. Il suffit de posséder la grammaire à la RM.

Moi, je crois au chapitre. J'ai essayé de faire différemment, d'écrire à la Thomas Bernhardt, c'est-à-dire en un seul long paragraphe, d'autant plus que le roman que j'ai sur le feu depuis un an se passe en une longue nuit. J'étais à Reykjavík, il y a un an exactement, les nuits étaient longues à souhait, les plus longues que j'ai jamais connues, j'avais tout mon temps pour tâtonner et procéder à des expériences. J'ai donc écrit sans m'arrêter, en une seule respiration. Assez vite, au bout de quinze pages, j'ai compris que ça n'allait pas. C'était trop compote de pommes, trop mâché, trop purée de quelque chose, on ne sentait plus les morceaux. Le rythme n'y était pas non plus, c'était comme un couloir sans fenêtres et sans fin. Je ne suis pas assez obsessionnelle pour écrire sans interruption, je manque d'air, je me sens oppressée, ai-je pensé. Il fallait que je change, que je coupe.

Voilà, j'y suis, c'est un autre mot magique : couper. Quand on coupe, on est dans la composition. C'est comme dans un opéra justement : on crée le rythme, on joue avec les pleins et les vides, on juxtapose les éléments, on alterne les états émotionnels, on fait respirer, on joue les surprises, on rompt la continuité. On est dans le temps, et le temps, contrairement à ce qu'on croit, n'est pas la continuité : on le dilate, on le contracte, on peut revenir en arrière, on fait un bond en avant, on peut tout faire avec. Le temps est le seul pouvoir qu'a la littérature sur la vie. Pour moi, il n'y a pas de doute : j'ai besoin de la rupture pour écrire. Même si je sais bien que l'on ne fait que ce qu'on sait faire : on écrit comme on sait écrire. Mais cette fois — opéra ou pas opéra — je ne vais pas couper : je ne vais pas enlever RM. Muet, il restera quand même un personnage de ma rupture.

Quand, quelques jours plus tard, je dis à ma fille que RM ne veut plus participer à mon livre parce qu'il doit écrire un livret d'opéra, elle a cette remarque amusante : « Il faudra beaucoup de souffle aux chanteurs. » Parfois je suis un peu lente, je ne comprends pas tout de suite. « Pour chanter ses longues phrases », dit-elle.

*

Elle descend à la station Oberkampf. Le café est bien en face, comme il l'a dit. Elle pousse la porte et l'aperçoit presque aussitôt : un homme à l'allure sévère, discrète, assis à la table près de la fenêtre. Elle s'approche. Son cœur bondit vers lui. Elle lui sourit. Elle lui sourit comme toujours, non, plus, beaucoup plus, mais comprend tout de suite, au moment où il lève la tête, qu'ils ne vont pas se prendre dans les bras et que ce ne sera plus comme avant.

— Assieds-toi, dit-il, comme si elle avait besoin de son invitation pour pouvoir se mettre en face lui.

Il a un visage fermé. On voit qu'il n'a pas bien dormi : il a les traits tirés, des cernes, une peau fripée. Et puis quelque chose d'autre qu'elle n'a jamais remarqué sur lui : une dureté, une dureté froide et butée.

— Qu'est-ce que tu prends ?

Même sa voix n'est pas la même. Il tousse.

— Comme toi. Un café…

Elle voit qu'il porte un nouveau jean. Ils devaient aller l'acheter ensemble. Elle lui a fait promettre de l'attendre pour le choisir avec elle, elle a bien plus l'œil pour ces choses-là. S'il est allé l'acheter ce matin, s'il l'a mis pour venir, c'est qu'il veut lui signifier qu'il n'a surtout pas besoin d'elle, qu'il se moque de son regard sur lui et qu'il est sorti de sa vie.

— Ça va ? demande-t-il.

Quelle question ! Qu'est-ce qu'elle peut répondre à ça ? Qu'elle saute de joie et que la vie est belle ? Ou qu'elle a un mauvais goût dans la bouche et devrait boire plutôt un verre d'eau à la place du café ?

— Tu n'es donc plus dans ma bio ? dit-elle au bout d'un moment, sentant son sourire s'éclipser peu à peu de son visage.

Quelques mois après le début de leur histoire, un magazine d'art lui a consacré un petit portrait lui demandant de préciser cinq dates de sa biographie. « Et si je mettais : septembre 2007, rencontre un grand amour sur un banc public, a-t-elle rigolé un soir quand ils ont bu trop de champagne. — Non, non, disait-il, catégorique. — Comment non ? Tu n'es pas mon grand amour ? — Si... Sauf que je veux rester dans ta bio cachée », a-t-il répondu en l'embrassant dans le cou. *Être dans ta bio* est devenu du langage codé, comme *esplandor*, *limace*, *ricardo*, *coup de mâche*... et plein d'autres mots et expressions inventés par eux qu'ils étaient seuls à comprendre et à utiliser.

— Non...

— Qu'est-ce que tu veux dire ?

— Que je ne suis plus dans ta bio... Ni officielle ni cachée...

— Et tu t'es acheté un jean ?

Il baisse son regard comme s'il ne savait pas quel pantalon il portait.

— Non...

— Comment non ? Je vois bien qu'il est tout neuf. Je vois bien que c'est la première fois que tu le mets.

Elle voudrait ajouter : « et qu'il ne te va pas ».

— Si, tu as raison : je suis allé acheter un jean tout seul. Et il n'est pas terrible, je sais bien. C'est ce que tu voulais dire, non... Je commence à te connaître, tu vois...

Ils commencent à se connaître l'un l'autre, c'est sûr, pense-t-elle en se précipitant sur le café à peine servi comme si elle voulait chasser non seulement le mauvais goût dans la bouche, mais aussi une soudaine amertume qui vient la saisir. Il est trop chaud. Il n'est pas bon en plus. Non, il est imbuvable.

— As-tu pris une chambre d'hôtel ?

— Oui...

— Pour qu'on y aille encore une fois ?

Il attend un peu avant de hocher la tête.

— Allons-y tout de suite. C'est où ?

— À côté, enfin, à cent mètres. Tu ne bois pas ton café ?

Il laisse l'argent sur la table et sort le premier. Dans la rue, il ne pose pas son bras sur son épaule comme il le faisait d'habitude quand ils marchaient ensemble. Il ne dit rien. Il regarde devant lui, toujours le même masque froid sur le visage. On va parler après, au lit, pense-t-elle quand ils montent à pied les deux étages. On se parle toujours mieux au lit. Il va m'expliquer ce qui s'est passé. Ça va aller, c'est sûr, ça va aller... Tout va recommencer comme avant, pense-t-elle quand il ouvre la porte et qu'ils se retrouvent dans une chambre d'hôtel bon marché et triste qui ne donne même pas sur une cour, mais sur un mur. Sans se regarder et toujours sans rien dire, ils commencent à se déshabiller.

*

Je vais voir ma mère. Quand, accompagnée de mon mari, celui avec qui je suis partie à vingt-trois ans en France, je sonne à la porte de sa maison d'un quartier tranquille et bourgeois de Ljubljana, je suis inquiète. Je ne crois pas que je sois jamais retournée chez moi le cœur léger. Mes parents formaient un couple désuni et conflictuel, tout était bon pour s'affronter et transformer la vie en enfer quotidien. Petite, je préférais mille fois rester chez mes grands-parents à la campagne plutôt que chez eux en ville. Plus tard, j'ai passionnément aimé l'école parce qu'elle me dispensait partiellement de la vie de famille. Encore plus tard, mon bac en poche, j'ai fait une longue fugue : quand je suis revenue au bout de trois mois pendant lesquels personne ne savait où j'étais, j'ai fait plusieurs fois le tour de Ljubljana en bus avant de me décider enfin à aller sonner chez mes parents. Et

je ne raconte pas combien de temps je suis res-
tée devant la porte, gorge serrée, cherchant les
mots que je pourrais dire, avant d'appuyer sur
la sonnette.

Quand elle s'ouvre enfin, j'ai devant moi une
vieille femme voûtée, en pantalon, trois épais-
seurs de pulls, cheveux en bataille, gestes incer-
tains, qui me sourit péniblement. Est-ce bien
elle ? Celle que j'admirais, que je redoutais, que
je protégeais, à qui je voulais plaire, que j'af-
frontais en cédant toujours, parce que personne
ne m'a jamais dit que l'amour entre les mères
et les filles allait dans les deux sens, que les mères aussi pouvaient s'inquiéter pour leurs filles,
qu'elle pouvaient demander pardon pour des
mots trop vite dits et blessants, et pas toujours
le contraire ? Celle qui est à l'origine de mes
ruptures ? La belle, la fière, la dominatrice qui
veut toujours avoir raison ? Ma mère à qui j'ai
osé lancer une fois, tard dans la nuit, dans un
accès de calme lucidité, que si un jour on parle
d'elle, ce sera grâce à moi ?

Nous nous asseyons dans sa cuisine. Nous
nous observons longuement comme toujours
quand je reviens. Est-ce qu'elle va me dire quelque chose qui ne va pas, ce que j'aurais dû faire
et que je n'ai pas fait, histoire d'attaquer bille
en tête, de se retrouver toujours dans la même
histoire justement, de marquer son territoire,

de ne pas lâcher prise ? Ou bien tout ce qui ne lui plaît pas sur moi, comme d'habitude, elle ne sait jamais vraiment par où commencer : trop légère pour elle, trop tête en l'air, trop rapide, ne pensant qu'à moi, faisant ce que bon me semble, ne sachant pas ce que c'est, la vraie vie, le vrai travail, et coquette avec ça, me croyant toujours jeune, alors que je ne le suis plus, il suffit d'ouvrir les yeux, qu'est-ce que je crois ?

— Tu as de jolies lunettes, dit-elle enfin.

Je la regarde en ne comprenant pas bien. Elle a vieilli. Sa mémoire flanche. Elle est toute seule dans sa grande maison, abandonnée par tous, mon frère surtout, parti avec toute sa famille à la suite d'une dispute. Elle passe des journées entières sans voir personne. Son beau visage est tout ridé. Et puis elle a encore rapetissé : elle m'arrive à peine au menton. Quand je pense que pendant des années elle portait des talons pour paraître plus grande et voulait me démontrer à tout prix qu'elle mesurait un centimètre de plus que moi... Est-ce que la vie a le sens de la métaphore et de l'humour cruel et nous touche là où nous en manquons justement ?

Mais peut-être pour une fois ne veut-elle rien dire, c'est-à-dire rien d'autre que le fait qu'elle aime bien mes lunettes ? Ou bien son monde s'est-il tellement rétréci qu'il n'y a plus de place pour moi ? Ou encore, qui sait, veut-elle déposer les armes ? Ou bien est-elle tout simplement contente que je sois là, à côté d'elle ?

*

Cherche désespérément femme douce, chambre d'ami avec cuisses de velours, refuge douillet. Évidemment, ce ne peut être toi, *m'écrit Gil.*

*

Ljubljana est une ville idéale pour mes enfants. Venant de Paris, ils s'y sentent tout de suite à l'aise. Ils connaissent la vieille ville, le château, l'architecture de Plečnik, ses trois ponts, la halle du marché, la bibliothèque. Ils savent qui est le poète qui trône sur un piédestal au centre névralgique de la ville : c'est le plus grand pour les Slovènes, aucun « hélas » n'est permis, il ne faut pas rigoler avec ça. Et puis ils parlent le slovène, c'est leur langue maternelle. Alors ils jonglent avec leur double identité, ils sont slovènes de la meilleure manière qui soit : légère, joyeuse, ironique, comme dirait le Triestin Claudio Magris ; une identité qui se regarde dans le miroir de l'autre et ne se prend jamais trop au sérieux. Loin, très loin du : « je me sentais extraordinairement français » de RM. Ils s'émerveillent des rencontres qu'ils peuvent faire en traversant les trois rues principales : tiens, encore Vesna Milek, chaque fois que je viens à Ljubljana je tombe d'abord sur Vesna Milek, dit ma fille. Et juste après sur Milan Kleč, c'est immuable, c'est la règle, d'abord la journaliste, puis l'écrivain... Et comment va ta mère ? Ses livres marchent-ils bien ? Et pourquoi n'écrit-elle plus dans *Delo* ? La crise ? En es-tu sûre ? Ce ne serait pas plutôt autre chose ? Parce que la crise sert aussi à se débarrasser des gens dont on ne veut plus, c'est moche, mais c'est comme ça, en tout cas, donne-lui le bonjour de ma part... Puis il y a tous les autres, on n'échappe à personne à Ljubljana, tout se sait, tout se voit, c'est une grande photo de famille. Et l'on ne sort pas impunément de la photo de famille, qu'est-ce qu'elle croit, ta mère... Heureusement, ils ne restent jamais assez longtemps pour se rendre compte qu'il s'agit d'une ville prévisible et provinciale et, il faut que je le note pour RM : pas vraiment métissée, et en réaction aux cinquante ans de communisme, de plus en plus chrétienne. Ou dit avec d'autres mots : pas très drôle.

Moi je préfère Paris ou Buenos Aires ou notre village au-dessus de Trieste et du château de Duino. Il s'appelle Zagrajec (Derrière le château, si je voulais traduire), trente-cinq âmes, quinze maisons. La nôtre est à la lisière du village, à un kilomètre de l'ex-frontière italienne. La vue sur les vignes et la mer est splendide, le ciel plus large qu'ailleurs, nos voisins bêtes et méchants : leur mesquinerie nous rappelle qu'on n'est pas dans une idylle, mais dans un monde réel. C'est là que j'écris ces lignes.

Si j'ai besoin de me mettre en rupture avec le rythme parisien, avec la consommation à tout va, la crise et le nom de Sarkozy toutes les trois minutes. Si j'ai envie de me sentir apatride comme Rilke ou de me rappeler comme Marina Tsvetaïeva que les patries se trouvent toujours à l'étranger. Si je veux expérimenter l'identité ironique et rieuse, de mise chez les gens qui vivent à la frontière. Si le désir me prend de descendre dans une ville cosmopolite, de parler italien, de boire un *triestino* — un café avec très peu de lait, servi dans un verre — et d'aller danser le tango au bord de la mer... Si je veux marcher pendant des heures dans les prairies sauvages et désertes sans rencontrer personne, me sentir seule au monde, écouter le vent et affirmer mon goût pour ce genre de paysages nus et sans fioritures... Si je veux ouvrir les yeux... Si je veux réfléchir... Et enfin si je veux comprendre ce que Rilke veut dire avec son célèbre vers « le beau n'est que le commencement du terrible »... nul besoin d'aller au château de Duino.

Je monte quelques kilomètres plus haut, dans ce petit village derrière un château en ruine. Je m'assieds devant notre maison, je regarde autour de moi : j'ai tout ce qu'il me faut ici.

*

Ils se glissent enfin sous les draps. Ils ont froid. Ils s'enlacent, gauchement, timidement, comme si c'était juste pour se réchauffer, parce qu'il fait froid dans cette chambre et que lui continue à tousser. Puis c'est de moins en moins gauche et timide. Ils n'ont plus froid non plus. Ils commencent même à avoir chaud et lui ne tousse plus. Il l'embrasse. Il l'embrasse partout, la bouche, les yeux, les tempes, le cou... Les seins, longuement, le ventre, le creux des reins, le sexe, encore plus longuement, hardiment, voluptueusement...

Peut-être est-ce ça, aimer : vouloir appartenir à un corps, à un sexe, à une bouche, pense-t-elle tout à coup comme si c'était une révélation. Appartenir à son corps, à sa bouche, à sa peau, à son odeur... répète-t-elle, se sentant soudain secouée par un long sanglot, puis par un autre, puis encore un autre... Mais que se passe-t-il ? Elle ne va quand même pas pleurer maintenant qu'elle est enfin dans ses bras ? Elle ne va pas gâcher ces instants magiques, quand le désir et l'excitation commencent à frémir comme le feu qui prend et va tout envahir ? Elle ne va pas se montrer triste au moment où précisément elle ne l'est pas ? Elle ne va pas faire celle qui veut être consolée ? Si ?

Non, elle ne veut rien de tout ça. Elle ne veut pas non plus de ces larmes qui coulent toutes seules et se mélangent à leurs baisers. Elle n'a jamais goûté de baisers salés, c'est presque salé, oui, pense-t-elle. C'est salé, c'est pimenté, c'est chaud, ce n'est pas raisonnable, c'est fou... Elle devrait en rire plutôt. D'ailleurs le sanglot au fond de sa gorge est en train de se transformer en un petit fou rire, qui, comme souvent, ne sait pas bien pourquoi il rit...

— Qu'est-ce qu'il y a ? demande-t-il, perplexe, ne comprenant pas ce qui se passe.

— Quelqu'un veut entrer..., répond-elle.

C'est vrai : ce bruit de clé dans la serrure veut bien dire que quelqu'un veut entrer, il insiste même, c'est quoi, ça ? Elle se tourne vers lui pour voir s'il va enfin intervenir. Il a l'air perdu. Ce n'est qu'au bout de quelques instants qu'il se lève et lance vers la porte que c'est occupé.

— Oh, excusez... Je voulais faire du ménage, dit une voix masculine devant la porte.

Du ménage ? Quelqu'un veut faire du ménage pendant qu'eux essayent de faire l'amour, c'est ça ?

— Où vas-tu ?

— Je me lève.

Il l'enlace par-derrière.

— Reste encore...

— Non...

— S'il te plaît, reste encore un peu.

Elle se tourne vers lui et lui caresse le visage. Elle va regretter de ne plus voir le bleu de ses yeux, ses sourcils, son front, puis sa bouche, surtout sa bouche avec ses belles dents et son sourire, timide et ravageur en même temps... se dit-elle en fermant les yeux et en repassant la main sur ses lèvres comme si elle était aveugle et voulait les voir pour la dernière fois.

— Où vas-tu ?

— Je vais m'habiller. J'ai froid.

Ce n'est pas vrai : elle n'a pas froid. Elle ne peut plus rester là. C'est la chambre la plus sinistre qu'elle ait jamais vue. Comment peut-on faire une chambre d'hôtel devant un mur ? Sans parler des meubles, des draps, de cette couverture laide et sale ? Enfin, elle ne sait pas si elle est sale, elle est laide en tout cas.

— Je vais m'habiller, moi aussi.

— Tu peux rester au lit, tu n'as pas besoin de...

— Si, je t'accompagne.

C'est donc fait. C'est fini, se dit-elle en enfilant son pull bleu nuit devant le miroir de la salle de bains. Fi-ni, répète-t-elle comme un écho. Elle est étrangement calme. La boule, la crampe au-dessus de son estomac a disparu. Finie, elle aussi. Fi-nie... Même son visage est curieusement lisse, comme lavé, nettoyé par les larmes. Il faut juste qu'elle se donne un coup de peigne, voilà. Un peu de crème, un soupçon de poudre compacte. Et, pour finir, du rouge à lèvres. Très rouge, rouge baiser. Elle en a toujours deux dans son sac : un rose pâle et l'autre franchement rouge. Elle est fin prête. Elle peut rentrer chez elle. Personne ne se rendra compte de rien.

— Tu es jolie…, dit-il en apparaissant dans le miroir derrière elle.

Elle le regarde sans se retourner. Au lieu de dire : « Pourquoi tu me quittes, alors ? », elle murmure tout bas :

— On y va ?

— On y va…, répond-il.

*

Je mourrai donc sans avoir glissé mes jambes entre les tiennes, *écrit Gil.*

*

Arrête de recopier mes mails anodins et stupides. Je t'enverrai un vrai texte, *écrit-il quelques heures plus tard.*

*

Je range mon vaste bureau dans la plus grande pièce, avec vue sur mer, de la maison de Derrière le château. Enfin, c'est plutôt une planche en peuplier peinte en bleu et posée sur une paire de tréteaux. Au-dessus, une belle lampe Art déco, trouvée au marché aux puces à Trieste, comme la plupart des meubles ici. Une boîte en acajou, un cadeau de ma fille. Puis cette photo encadrée en noir et blanc, de la même série que celle que j'ai aussi sur mon bureau parisien, une photo du trio heureux de mon enfance : mon grand-père, ma grand-mère et moi, endimanchés et souriants tous les trois au milieu de leurs champs, pas loin de Ljubljana. Tout le reste est « *casino* », le mot qu'a utilisé un ami, photographe triestin qui est venu photographier notre maison il y a quelques jours. « Comment peux-tu travailler avec tout ce *casino* autour de toi ? » a-t-il demandé. Je ne me suis pas lancée dans des explications comme quoi je n'avais rien contre cette accumulation de la vie sur mon bureau, au contraire, j'aimais bien me laisser distraire au milieu d'une phrase par quelque chose qui attirait mon attention sur le bureau, et puis de toute façon je le rangeais de temps en temps.

Alors ce matin, je range. Et ranger, pour moi, c'est jeter. Je n'ai aucune fibre archiviste : il faut savoir se séparer des choses. À la poubelle donc, toutes ces coupures de journaux que je voulais relire un jour mais que je ne relirai pas parce que je n'ai pas le temps, autrement dit, je préfère aller danser le tango. À la poubelle, les revues italiennes sur papier glacé... Idem les vieux cahiers remplis de notes dont je n'ai plus besoin, non, je ne crois pas, puis je ne veux pas laisser d'archives, inutile de chercher, tout est dans mes livres. Idem les vieilles cartes d'embarquement, Paris-Ljubljana pour plupart, mais aussi Paris-Buenos Aires, qui s'entassent sans raison sur mon bureau. Exit ces programmes de toutes sortes, opéra, théâtre, il y a trop de culture dans ma vie, trop de livres, trop de livres partout... Exit ces citrons séchés, ça va comme ça avec les clins d'œil à Manet. Et le plan de Reykjavík, que — attention — je garde, j'en ai encore besoin, mon nouveau roman se passe là, en Islande, pendant une longue nuit qui ne veut pas s'arrêter. Et ces cartes postales, qui écrit encore des cartes postales aujourd'hui, qui va acheter des timbres, qui va faire la queue à la poste pour les envoyer ? Qu'est-ce que j'en fais ? Je les jette ou je les garde ? Et ces feuilles volantes, c'est quoi, des notes, des phrases des autres... C'est en jetant un coup d'œil sur ces feuilles que je tombe sur cette phrase que je recopie ici, avant de lui réserver le même sort : « Il ne faut écrire et surtout publier que des choses qui fassent mal, c'est-à-dire dont on se souvienne. Un livre doit remuer des plaies, en susciter même. Il doit être à l'origine d'un désarroi fécond, mais par-dessus tout, un livre doit constituer un danger. »

Si RM n'était pas en train d'écrire son opéra,

pensé-je plus tard, une fois le grand bureau tout vide, excepté la lampe, la boîte en acajou, et la photo de mon paradis perdu, je lui aurais demandé de deviner l'auteur de cette phrase que j'ai trouvée par hasard sur mon bureau — non, pas par hasard, bien sûr, on trouve toujours des phrases qu'on cherche et dont on a besoin — et qui aurait pu être aussi la sienne. Et qui me rappelle une autre plaie, celle de la rupture dont je lui ai parlé dans son bureau, il y a déjà quelque temps de ça. La rupture comme une plaie, un désarroi fécond... La rupture comme la mort qui se glisse en moi, écrit Gil dans son texte qu'il vient de m'envoyer. Ou, mieux encore : la rupture comme la mort et la vie en même temps (également écrit par Gil). Et enfin : la rupture comme la vie qui reprend le dessus, toujours (écrit par moi).

*

J'ai senti la mort se glisser en moi. La mort s'annonce, elle prévient et s'excuse presque de prendre des formes inattendues. La mort, la mienne, ne vient pas secrètement comme une voleuse. La perspective de la mort, une sensation de froid au bout des doigts, une arythmie cardiaque incontrôlable, la vue qui vacille, une peur d'aller dormir, la terreur de demeurer éveillé.

La mort s'est glissée en moi par internet. On

n'attend jamais de grandes nouvelles en ouvrant ses courriels. Des invitations, des saluts d'amis lointains, des communiqués, des offres de loteries, de millions proposés par des Africains assez cons pour croire que je vais leur envoyer dix mille dollars pour les aider à retrouver l'héritage de leur père qui a laissé quinze millions ? La mort est plus subtile, c'est un cancer qui s'annonce, un courriel qui dit : « Je te quitte. » Et quelques raisons suivent. Elle est en Afrique, moi en Europe. Je croyais que nous étions heureux et me voici mort ou presque par un simple courriel.

Je croyais que le bonheur tuait l'effet de la cigarette sur mes poumons et que l'abus de vin bu en sa compagnie ou près d'elle me prévenait de toute cirrhose. Je croyais profondément que le bonheur et l'amour protégeaient contre les maladies. Je croyais aussi que mon amour était si puissant qu'il occultait toutes mes faiblesses. Et c'est bien de ces faiblesses dont mon amour me parle dans ce courriel qui me gèle le bout des doigts et qui ouvre la porte à la mort que je sens déjà confortablement installée et qui prend ses aises autant que son temps.

Elle est arrivée il y a quinze minutes, a choisi de prendre logis pour le moment dans un lieu de l'estomac dont je ne connais pas le nom. Elle se manifeste chaque fois que je pense à la femme qui me quitte : une sorte de crampe légère, de mouvement de boyaux inconnus qui ressemblent au trac ou à la peur.

Sans I, je le sais, les maladies auront prise bientôt sur mon corps fragile et mal entretenu. Elle était mon système immunitaire, l'antibiotique absolu. Elle souriait, même légèrement, et mon taux de mauvais cholestérol chutait. Mon médecin ne comprenait rien à ma santé parce qu'il connaissait ma vie. J'aurais dû me décomposer déjà, souffrir de mille petites tares de vieillesse. Il les cherchait, certain de les trouver, mais résigné, humilié dans sa science par mon inexplicable forme, il rangeait son stéthoscope et me demandait : « C'est quoi le secret ? » L'amour mon vieux, le bonheur, l'admiration, I. Je ne crois pas que l'homéopathie possède quelque valeur scientifique. L'amour est peut-être la seule huile essentielle qui puisse détourner le corps des méandres marécageux qu'il a lui-même formés. Pas tous les amours, bien sûr, mais l'amour de I, *écrit Gil.*

*

Ils marchent en silence. Leurs pas résonnent sur le trottoir du boulevard Voltaire. Elle doit se retenir pour ne pas le prendre par la main ou par la taille. C'est l'habitude, songe-t-elle : ils marchaient souvent enlacés dans la rue. Dans les trains, ils se serraient l'un contre l'autre. Et dans les avions... non, elle ne veut pas penser à leur unique trajet en avion, quelque peu frivole et fantasque, il faut le dire, et inoubliable avec ça, c'est sûr. Voilà, c'est le premier effet de la rupture, se dit-elle : elle ne peut plus le toucher, alors que ses bras ne demandent que ça.

Mais pourquoi continue-t-il à marcher à côté de moi ? Pourquoi n'est-il pas parti de son côté, au revoir, ma belle, porte-toi bien, prends soin de toi, non, adieu plutôt, c'est ça, adieu ? Est-ce qu'il veut me dire quelque chose ? Y a-t-il quelque chose à dire ? Une explication à fournir ? Des raisons à donner ? Quelque chose à ajouter ? Il ne veut plus d'elle, c'est fini, point à la ligne.

Son regard glisse sur les vitrines de magasins en gros de la confection chinoise. Il n'y a rien d'autre : les vitrines des fringues bon marché, sur au moins un kilomètre du boulevard Voltaire, des deux côtés. *Suzy express, Felicia, Charm's, Beautiful word, Bisou d'Ève, Folie Agnel, MCK Paris, Meily Style, My softy...* La nouvelle collection printemps-été, bien sûr, on est déjà à la plage, sur les terrasses des cafés, dans les forêts, avec des shorts de toutes les couleurs, des impers. légers et sexy, des jupes à volants, beaucoup de volants, beaucoup de jupes...

À quoi servent ces vêtements, se demande-t-elle sans aucun de ses préjugés anticonsommation habituels — trop de choses inutiles à acheter, sans aucun rapport avec la vraie valeur des choses — mais avec étonnement, comme si soudain le sens et l'utilité de tous ces vêtements lui échappaient ? C'est vrai, à quoi peuvent servir toutes ces jupes à volants, ces tee-shirts, ces shorts et pantalons quand l'amour n'est plus là ? Pourquoi ces arbres qui bordent le boulevard ? Pourquoi ce ciel bas ? Pourquoi la colonne Morris avec toutes ses affiches ? Pourquoi les gens vont-ils au théâtre ?

Elle se tourne vers lui comme s'il avait une réponse à cette question qui vient de se poser à elle : pourquoi le monde est-il tout d'un coup vide de sens ?

— Viens, on va boire un verre, dit-il.

— On va boire un verre ? répète-t-elle, ne comprenant décidément pas grand-chose.

— On ne va pas se quitter comme ça... ajoute-t-il.

*

La vie : le mot possède plusieurs sens selon qu'on a dix ans ou soixante, de même que le mot mort. Nos âges donnent sens à ces deux mots. Plus on est jeune, plus les mots sont dépourvus de sens définitif. À dix ans, on est immortel. La mort est étrangère et la vie, normale et naturelle. On vit et on ne meurt pas. Après, on vit sans le savoir et sans penser à la mort jusqu'à ce que la maladie nous saute dessus ou que la vie disparaisse. L'absence de vie n'est pas la mort, l'absence de vie c'est le vide dans lequel la mort se glisse comme un renard dans sa tanière. La vie pour moi c'est I parce qu'elle m'a donné vie.

On naît plusieurs fois. Les premiers pas, le premier caca sans aide de maman, la première bicyclette, le premier baiser, la première baise, le premier mariage, le premier enfant. Chaque fois une nouvelle vie s'annonce pleine de promesses. Mais existe aussi la dernière vie, celle à qui on a renoncé parce que les premières vies n'ont pas respecté leurs promesses. Cette dernière permission d'exister, cette rémission inattendue, c'est I qui me l'a donnée, *écrit Gil.*

*

Nous reprenons l'avion dans l'autre sens. Mon mari commande un verre de vin rouge, moi aussi. Je ne ressemble pas du tout à l'héroïne de mon nouveau roman, nous n'avons rien en commun si ce n'est les voyages en avion : nous pensons toutes les deux que le ciel est un endroit idéal pour réfléchir. Je regarde par le hublot quand le petit Canadair de la compagnie aérienne slovène survole les deux lacs de Bled et Bohinj qui brillent en dessous comme deux petits bijoux en toc : l'un tout rond, l'autre plus grand et plus allongé. De près, ils sont carrément kitsch, le premier surtout, celui de Bled : un petit lac entouré de montagnes, un îlot au milieu et une petite église dessus. C'est vrai que j'ai un problème avec ce genre de paysage idyllique qui ne trouve quelque grâce à mes yeux qu'en hiver, capturé dans la glace, sans barques, nénuphars, cygnes et autres décorations. En ce sens, Lila, l'héroïne d'*Un cœur de trop*, est mon porte-parole : ce n'est pas par hasard que le roman se passe au bord de ce lac, emblématique pour tout un peuple, et qu'elle déclare d'emblée : trop joli, trop cordial, trop paisible. Trop *bogaboječ* aussi : un mot slovène plus efficace que « craintif de Dieu ». Trop conservateur et même réactionnaire : ce n'est certainement pas par hasard que l'Église catholique slovène a récupéré la propriété de l'îlot. Trop nostalgique aussi, trop kitsch en un seul mot : ce n'est pas par hasard non plus que les Slovènes exilés en Argentine ont tous une photo encadrée du lac dans leur salon et qu'il existe même un café qui s'appelle *Bled* à Buenos Aires.

Plus tard et plus loin — au-dessus de Dijon, dit la voix du pilote —, je continue à penser à l'image rassurante, poétique et sentimentale du paisible lac de Bled, qui nourrit et inspire les Slovènes et donne le ton à toute une conception de la littérature : il faut que ça soit élevé, compliqué, poétique. Je ne me suis jamais identifiée ni avec ce genre de beauté subalpine ni avec ce genre de littérature nationale. Je préfère mille fois le paysage aride, sec et essentiel de mon Karst adoptif, ouvert sur les oliviers et les cyprès de la Méditerranée. Je n'ai pas besoin d'être consolée et rassurée. Je n'ai rien contre la brûlure de la rupture et autres plaies ouvertes. Le ciel, même le plus beau, est vide, et les îlots au milieu des lacs alpins, églises ou pas églises, n'y changent rien. La littérature se fait avec des intuitions du réel, le romancier naît quand il enterre son lyrisme. Ou, comme le dit RM dans sa *Confession négative* : « Écrire suppose une inversion des valeurs communément admises et entrer dans la vérité de l'écriture c'est se défaire de soi, et non, comme on le dit naïvement, être soi-même. »

*

Mais il écrit un peu plus loin, non, plus en arrière, et je ne peux m'empêcher de penser qu'il me met dans le même sac : « Un écrivain ne peut aimer que le fait d'écrire, comme il ne peut aimer que sa langue natale, en dépit des théories à la mode sur l'exil linguistique. »

Une fois à terre, qui n'est pas natale mais mienne quand même, je continue à méditer sur la question. Vu que RM est en train d'écrire son livret d'opéra, ce qui est une façon de dire qu'il a d'autres chats à fouetter que de parler avec moi, il faut que je me débrouille toute seule, comme il me l'a suggéré. Mais qu'est-ce que je peux faire face à une telle phrase ?

Est-ce qu'il faut que j'aille m'enfermer encore une fois chez la Baronessa, dans sa Torre au fond du jardin, deuxième étage avec vue sur les oliviers et les cyprès toscans ? Est-ce que je dois encore une fois passer des journées entières à attendre la nuit pour aller faire un tour avec Mohammed, domestique de la Baronessa, un homme bon et perdu, un *extracomunitario* absolu parce qu'il n'a personne ? Est-ce que je dois revivre mes nuits blanches et me poser encore une fois les mêmes questions au sujet de ma petite langue natale, ce qui veut dire que j'ai assez d'audace, d'aplomb, d'outrecuidance, de présomption et de témérité de lui substituer une langue que je ne possède pas totalement, ça va de soi, parce que ce n'est pas une langue que j'ai reçue en héritage, je l'ai apprise toute seule à vingt-trois ans, et je continue à l'apprendre tous les jours... Alors que je ne possède pas la syntaxe de RM, loin de là, ni le vocabulaire ou l'élégance d'EB, ça saute aux yeux. Et qu'au bout de toutes ces années passées à Paris je ne sais toujours pas prononcer correctement « oui », « huit », « jouir », « enfuir » et j'en passe, et que je suis capable de dire sur un plateau de télévision que ma prima donna est morte... enfin, pour dire la vérité, j'ai hésité une fraction de se-

conde entre : « de faim » ou « de la faim », avant
de dire « de la faim » parce que... parce que
soudain je ne savais plus et qu'à mes oreilles de
métèque « de la faim » ou « de faim » c'est presque la même chose ? Sans oublier que mon slovène n'est plus tellement alerte non plus — une
langue évolue, elle change tous les jours, Dante,
n'en déplaise à RM, a écrit sa *Divina Commedia*
dans une langue basse — et que je peux lire
dans la presse slovène que je traduis moi-même
mes romans français en slovène parce que j'ai
mauvaise conscience d'avoir abandonné ma
langue natale. Est-ce que ça veut dire que je me
retrouve encore une fois sans langue, comme
chez la Baronessa, et que je dois de nouveau
errer à Florence pour tomber sur un autre Moreno qui va parler à ma place ?

Je ne peux plus aller chez la Baronessa : si
elle me voyait à la porte de sa belle demeure
toscane, elle tomberait à la renverse. Elle m'en
veut de ne pas avoir été heureuse chez elle et
surtout de l'avoir écrit, en fait, sous ses airs
nobles et bien élevés, je l'insupporte. Et puis,
de toute façon, elle a congédié tous mes amis,
Mohammed, Milika et même Walter, le jardi-
nier. En revanche, je peux partir à la rencontre
d'un autre Moreno. Autrement dit : je peux inventer. Inventer veut dire aller à la rencontre de
l'inconnu. Inventer c'est avoir confiance dans
l'imagination, savoir que la fiction est plus vraie

que la vraie vie. Inventer c'est se défaire de soi, comme dit RM, laisser parler les autres, Moreno, Lila Sever, Valérie Nolo, Lisbeth Sorel... Ils ont beaucoup plus de choses à dire que moi. Leur monde est plus grand et plus profond que le mien, leur vie plus intrigante. Et leur langue n'est pas à défendre, mais à créer.

*

Mais qui, à part RM, se soucie encore de la précision linguistique, de la clarté syntaxique, qui s'amuse à défendre la pureté de la langue pendant que la crise, la grande, la déferlante, la planétaire, bat son plein, pendant que l'industrie automobile continue à sombrer, les banques à se moquer de nous, les chiffres du chômage à s'envoler... et je ne continue pas, ça va faire trop journalistique. J'ajoute juste : et pendant que ma petite Islande, hier encore la plus riche au monde, est au bord de la banqueroute. Parce que je ne veux parler que de ce que je connais. Les plans sociaux chez Renault, c'est le cas : j'ai participé en tant que traductrice aux réunions des syndicats et ce n'était pas drôle. La récession de mon journal slovène *Delo*, c'est le cas aussi : depuis le début de l'année, il n'y a plus d'argent, me dit-on aussi simplement que ça, alors on est obligé de se séparer de vous et de votre page dans le supplément du samedi. Ce n'est pas tellement drôle non plus ; on s'habitue à écrire pour un journal, c'est un rythme, une respiration, un défi aussi : on n'écrit pas de la même façon que dans un livre, même si parfois mes lecteurs sont les mêmes. C'est une autre discipline, un autre engagement, une autre inspiration. Et je ne parle pas du fait que je ne gagne plus d'argent, et que ce petit éloge que je suis en train d'écrire ne va pas me mener bien loin, c'est le moins qu'on puisse dire.

Quant à l'Islande, je l'ai bien connue avant la crise : j'y ai passé un mois l'année dernière. J'ai adoré Reykjavík : le ciel changeant, la lumière nacrée, les nuits interminables, la promenade au phare, la piscine olympique en plein air, je veux dire le grand bassin où l'on nage sous les flocons de neige quand le thermomètre affiche − 6, puis les *hot pots* où l'on cause, puis le côté paisible, provincial de la capitale qui n'a rien à voir avec le provincialisme, au contraire, c'est l'endroit le moins provincial au monde que je connaisse. Les plages noires, l'air piquant, Rosa, l'Islandaise, Fridrik Rafnsson, traducteur islandais... Puis l'islandais, à ne pas oublier, une langue incroyable, un fossile linguistique, inchangé depuis des siècles, un vrai eldorado pour RM.

Sauf qu'il y avait quelque chose qui n'allait pas. C'était trop eldorado justement. Trop riche, trop cher — une bière à dix euros, il ne faut pas pousser — trop de chantiers pharaoniques, trop de voitures, de 4 × 4 surtout, avec des roues énormes, tout le monde était en voiture, personne ne marchait. « Tu ne vas quand même pas aller à pied ? » s'est étonné un couple d'Islandais quand je leur ai dit à la fin d'un bal de tango que j'allais rentrer à pied, me ramenant *illico presto* avec leur grosse cylindrée dans la maison de Gunnar Gunnarsson où je logeais. Ça ne pouvait pas continuer. Ça ne pouvait que se casser la figure. Des banques qui sombrent d'un jour à l'autre, demandant même de l'argent à leurs clients. Des gens qui croulent sous les dettes... Des chantiers qui s'arrêtent, les travailleurs polonais et lituaniens qui plient bagage... Mes amis d'un soir qui sont peut-être en train de vendre leur belle voiture achetée à crédit. La crise, quoi, grande, spectaculaire, brutale, qui s'est abattue sur la petite île. Les meilleures choses sont toujours gratuites, dit un graffiti à Ljubljana. Autrement dit : la crise devrait nous apprendre à vivre mieux avec moins.

*

C'est la mort chez moi, *écrit Gil*. Un appartement mal entretenu, deux chats pelés et malades qui font leurs crottes partout malgré la litière que je ne change pas souvent. J'ai été riche et célèbre, je ne le suis plus, je me suis enfoncé dans une profonde dépression. Je joue, je bois, je ne fais rien. Je ne suis rien. Sauf ce livre que j'ai écrit et dont elle voulait parler et qui me redonne un peu de fierté.

Pourquoi accepte-t-elle d'aller manger dans ce restaurant libanais que je lui propose ? Elle me dira plus tard qu'elle était intriguée et qu'elle n'avait rien à manger à la maison. Le mystère et la raison. Le mystère qui est l'audace, la capacité de sauter dans la vie, la raison qui évalue ses propres passions. Nous allons dans un bar que je ne fréquentais plus parce que je devais cent dollars au propriétaire. Je parle, je parle, elle écoute, elle écoute. Je n'ai pas envie de séduire, j'ai envie d'aimer.

*

Est-ce que suis vraiment en train de composer un texte qui tranche, qui invente, qui fait exploser une forme rigide ? Qui ne ressemble à rien de ce que j'ai fait jusque-là maintenant et qui serait — quelle prétention — à l'origine d'un désarroi fécond ?

Je n'en sais rien, mais une chose est sûre : je n'ai jamais jusque-là mené un vrai dialogue dans un livre, je veux dire un dialogue dont je n'écrirais pas toutes les répliques. Je n'ai jamais non plus juxtaposé mes textes aux bijoux sombres que sont ceux de Gil Courtemanche. Et j'ai rarement laissé se décanter en moi une telle quantité de poison bénéfique qui s'étale partout et me laisse par moments muette, sans défense et hors piste.

Ne dérape pas, coupe la neige, me répétait un ami, excellent skieur, sur les pentes de ski. Un conseil en or, et je ne pense pas seulement aux sommets enneigés, mais aussi à ce texte, dont il pourrait être le trésor caché, le mot d'ordre : ne pas se laisser déraper, couper.

*

Depuis que je suis tout petit, je me sens supérieur aux autres, plus intelligent, parce que j'ai gagné le prix du petit garçon le plus intelligent de Montréal à neuf ans, parce que je suis bon au ballon-chasseur et au jeu du drapeau, parce que je patine vite et marque beaucoup de buts au hockey. Je me sens déjà adulte et regarde mes frères et mes sœurs comme des enfants. Par contre je ne m'aime pas. Je me trouve laid avec mes grosses babines et mes dents croches. Très jeune, j'ai choisi de négliger mon corps et de ne me préoccuper que de mon esprit et surtout de ne pas m'occuper des autres. Je croyais à tort que l'admiration pour le talent pouvait remplacer l'af-fection et l'adhésion. Cette mort qui s'insinue en moi, elle était là depuis tout petit, mais quand on est petit on ne sait pas lire la mort, *écrit Gil*.

*

Ils s'installent au bar du *Cent kilos*, un café de
quartier à l'angle de la rue de la Folie-Méricourt
et la rue Saint-Ambroise, à côté de l'église du
même nom. On devrait aller ailleurs, il fait trop
chaud, il y a trop de bruit avec un match de foot
à la télé qui casse les oreilles pense-t-elle, soudain épuisée et lasse comme si justement elle
pesait cent kilos.

— Qu'est-ce que tu prends ?

Lui aussi a l'air fatigué. Plus pâle que d'habitude, il continue à toussoter. C'est nerveux, se
dit-elle en l'observant de côté. Il a ce même profil
sérieux, sévère, broussailleux, songeur, tour-
menté… (dans l'ordre inversé plutôt : tour-
menté, songeur…) qu'elle a toujours aimé chez
lui. D'ailleurs, c'est comme ça qu'elle l'a vu la
première fois, de profil justement, lisant à
côté d'elle sur un banc des Buttes-Chaumont.
« Qu'est-ce que c'est ? a-t-elle demandé quand
il a levé le regard de son livre et s'est tourné vers
elle, surpris de voir à côté de lui une femme inconnue en robe d'été cherchant à dire quelque
chose. — *Le nouvel amour*, a-t-il fini par répondre. — Le nouvel amour ? a-t-elle répété avec
un demi-sourire comme si elle voulait lui prêter
quelques velléités de séducteur. Il a rougi, et elle
aussi, se sentant soudain un peu bête. — C'est

de Philippe Forest. Vous connaissez ? Non, elle ne connaissait pas. Elle n'était pas une grande lectrice. Elle est plutôt une visuelle, une bricoleuse, comme elle dit parfois. Une bricoleuse visuelle. Mais elle aimait bien le titre. — Voulez-vous que je vous lise quelques phrases ? a-t-il demandé. Voilà comment ça a commencé entre eux. Avec *Le nouvel amour*, plutôt prometteur pour un début. Il avait une belle voix et lisait très bien, sans emphase ou affectation. — Voulez-vous que je continue ? a-t-il dit au bout d'une demi-page. — Une autre fois... J'ai un rendez-vous de travail. Il ne faut pas que je sois en retard. » Ils se sont revus sur le même banc, une semaine plus tard, entre une et deux. Il travaillait dans le quartier, dans un bureau d'architectes, spécialisé dans l'urbanisme. Ils ont mangé un sandwich, ils ont lu encore quelques pages du même livre. C'était le mois de septembre, un automne particulièrement doré, avec des arbres de toute beauté dans le parc et un ciel presque trop bleu. Finalement, ils étaient comme Paolo et Francesca chez Dante : un jour, un soir plutôt, ils n'ont plus lu ensemble. Sauf que la soirée en question, la nuit plutôt, n'a pas été bien fameuse, c'est le moins qu'on puisse dire. Ils ont bu trop de sortes d'alcool. Ils avaient peur, lui surtout. Peur de ne pas être à la hauteur, a-t-il dit après.

— Alors ?

— Alors quoi ?

— Qu'est-ce que tu prends ?

Qu'est-ce qu'elle peut boire ? Elle ne sait pas.

— Comme toi, murmure-t-elle.

Elle disait souvent « comme toi » quand ils passaient commande dans les restaurants ou les bars. Pourtant ils n'avaient pas vraiment les mêmes goûts : elle préférait le vin rouge au blanc, le bordeaux au bourgogne, l'agneau au bœuf, la tarte aux pommes aux gâteaux au chocolat… mais continuait, va savoir pourquoi, par plaisir sans doute de prononcer ces deux petits mots, de dire : « comme toi ».

Elle boit quelques gorgées de bière qui lui montent presque instantanément à la tête. C'est la fatigue, pense-t-elle, le fait de n'avoir pas assez mangé, quelques bouchées de spaghettis aux artichauts, ça ne s'appelle pas manger. Soudain, elle a envie de lui dire quelque chose de tranchant, de méchant. Il peut la larguer d'un jour à l'autre, bien sûr, allons-y : ils n'ont rien en commun, pas d'enfants, pas de maison, pas de voiture, juste une paire de raquettes de badminton, achetée un jour dans un marché aux puces avant d'aller passer un après-midi à la campagne. Mais il aurait pu attendre encore un peu. Car on ne tombe pas tous les jours sur un amour comme celui-ci, en posant simplement ses fesses sur un banc public. Un amour qui ne demande rien, aucun divorce, mariage ou autre comédie sociale, qui se satisfait de peu, un après-midi pluvieux par-ci par-là, une folle chevauchée à Vélib le long du canal Saint-Martin, une soupe japonaise, un week-end volé à Bordeaux, ce n'est quand même pas la fin du monde... Et qui leur offre en même temps un luxe incroyable, bien plus précieux que tous les sacs Prada, Gucci et montres Rolex : vivre devant le regard de l'autre, se voir dedans.

— Je vais avoir d'autres hommes dans ma vie... Des hommes qui n'auront pas peur de ne pas être à la hauteur, dit-elle.

Elle n'aurait pas dû dire ça : c'est bête. Elle ne le pense pas en plus. Elle n'a pas envie d'avoir un autre homme que lui. Et elle ne s'était pas vraiment formalisée avec ses problèmes d'érection pendant leur première nuit : au contraire, elle pensait même qu'à certains moments, c'était bien plus compliqué d'être un homme qu'une femme, et voulait plutôt dédramatiser la situation. En revanche, elle aurait pu dire quelque chose sur son jean, ou bien sur ses cravates, il n'a pas trop de goût pour les cravates, c'est n'importe quoi, ni pour les chaussures du reste, c'est du pareil au même. Nanni Moretti, qui pendant ses castings regarde surtout les chaussures, ne l'aurait jamais pris comme acteur.

— Tu as raison, dit-il.
— Non, non...
— Si...

— Je suis surtout un peu soûle.

— Ça ne veut pas dire que tu n'aies pas raison. Et que moi, de mon côté, je n'aie pas tort…

— Je ne comprends pas…

— Mais si, tu comprends… Je suis en train de me tromper, tu vois bien… C'est n'importe quoi, tout ça ! Je ne sais pas ce qui m'a pris. Tu ne veux pas qu'on commande une autre bière ?

*

J'ai du mal à me concentrer, je ne me sens pas bien. Légère indisposition, dit mon mari. C'est ça, oui… on ne prend jamais au sérieux les petites misères des autres. J'ai mal au cœur, mal au ventre, je me sens faible, envie de rien, on dirait une gastro, une gastro sans vomissements. Quand je pense que je ne voulais plus sortir le nez de ce texte et que je devais le terminer en une semaine, le temps que ma fille rentre du Chili et en soit la première et plus sévère lectrice, comme d'habitude, c'est raté. Je suis bien obligée de faire une petite pause.

Je vais au lit.

Puis je reviens devant mon écran, j'écris une phrase (celle-là). J'essaye de résister et de ne pas me laisser faire par cette gastro qui ne dit pas son nom.

Puis je retourne au lit. Je ferme les yeux. Si seulement je pouvais m'assoupir un peu, ça irait mieux et je pourrais peut-être encore sauver ma journée. Sauf que je me connais : j'ai déjà du mal à dormir la nuit, alors en plein jour, avec ce mal au ventre, ce n'est pas la peine de rêver. Qu'est-ce que je peux faire ?

Ce n'est qu'au bout de quelque temps que je me résous à perdre la journée. Perdre la journée, gaspiller mon temps, me tenir à l'écart, voilà ce qu'il me reste à faire aujourd'hui.

Et ce n'est que le soir, au bout de cette longue journée perdue — et sans savoir qu'elle ne sera pas la dernière —, que je découvre qu'elle ne l'était pas. J'ai enfin pu lire les articles d'Hervé Guibert qui m'attendaient patiemment, exemple du journalisme culturel engagé qui me plaît, sans parler de son français souple et précis qui me plaît tout autant. J'ai parcouru les listes des dix livres préférés que cent auteurs francophones — moi y compris — avons rédigé pour *Télérama* en méditant sur ce genre de liste et sur les titres qu'on pouvait y mettre, la plupart du temps les auteurs illustres que personne ne lit, et morts surtout, parce que les morts ne font pas d'ombre... J'ai regardé les murs jaunes de ma chambre, le ciel gris et la poussière qui se déposait partout. J'ai continué à regarder autour de moi les yeux fermés. J'ai rêvassé longuement à toutes sortes de choses, le roman que j'ai sur le feu et qui m'attend, Buenos Aires qui m'attend aussi, enfin, c'est plutôt moi qui l'attends, c'est à ce moment de l'année précisément que je commence à l'attendre... J'ai téléphoné à ma mère, qui allait mieux, mais oubliait au bout de trois minutes ce que je venais de lui dire. Je voulais parler aussi à mon fils, mais ça ne devait pas être réciproque parce qu'il ne m'a pas répondu. J'ai feuilleté le *Libé des écrivains*, c'était comme Hervé Guibert que j'ai lu avant, alerte, lucide et bien écrit... Je n'ai rien mangé, ce qui a fait encore allonger la journée. J'avais envie de changer d'âme, c'est-à-dire m'acheter une nouvelle robe... J'ai pensé à la scène dans au *Cent kilos*, un drôle de nom pour un bar, une drôle de scène... puis à cette journée où j'avais curieusement plein de temps à ma disposition. Je me suis dit que je devrais réapprendre à en perdre intelligemment, m'organiser seule, par-ci par-là, une rupture volontaire avec cette partie de moi qui veut être à tout prix efficace et productive.

*

Quelle jolie place, se dit-elle quand ils sortent enfin du *Cent kilos*, passablement éméchés tous les deux après avoir bu cinq bières à deux et dit un tas de choses inutiles. Elle devrait la prendre en photo et l'envoyer au musée des Amours brisées. Non, non, ce n'est pas de l'ironie. Ça existe, il suffit de taper *www.museumofbrokenre-*

lationships pour s'en convaincre. C'est Philippine qui lui en a parlé, elle s'en souvient comme si c'était hier. Un musée virtuel, disait-elle. On envoie une photo d'un objet qui symbolise l'amour qui ne l'est plus. Ça peut être n'importe quoi : une robe, un nain de jardin, un passeport, un foulard, un mouchoir… Accompagné d'une légende qui explique l'histoire de cet objet. « C'est une excellente idée, tu ne trouves pas ? Parce que ça concerne tout le monde. Parce qu'on est tous passé par là… Tu ne trouves pas ? » disait-elle. Oui, bien sûr. Elle avait raison, Philippine. Elle va le faire, elle aussi. Elle va envoyer la photo de la place devant le *Cent kilos*, avec la légende suivante : *Voilà l'endroit à Paris où soudain, à moitié soûle, je comprends qu'il ne m'enverra plus de SMS pour décrire le ciel devant sa fenêtre, une flaque d'eau, une paroi de montagne… Il n'ouvrira plus jamais les bras dans la rue, dans un bus, ou même à vélo pour me dire que son amour est grand comme ça et plus encore… Il ne posera plus sa tête sur mes genoux. Il ne me dira plus d'arrêter d'exagérer et d'accorder de l'importance aux choses quand elles n'en ont pas. Il ne prononcera plus mon prénom.*

— Qu'est-ce qu'il y a ? À quoi penses-tu ?

— À un drôle de musée…

— Musée ? Viens, on va faire encore quelques pas ensemble, dit-il avec entrain, comme si ce n'était vraiment pas le moment de parler des choses qui ne les concernent pas.

Elle se tourne vers lui. Il est toujours pâle et il continue à tousser. Il devrait boutonner son manteau et mettre une écharpe au lieu de se promener gorge nue. Mais il n'a plus de masque froid sur le visage. Et sa voix est redevenue comme avant, souple et chaude, comme sur le banc aux Buttes-Chaumont, lisant *Le nouvel amour*.

— Non…, répond-elle au bout d'un moment.

— Pourquoi ?

— Je ne veux pas.

— Tu ne veux pas ?

Elle fait non avec la tête.

— Tu en es sûre ?

Il est soudain perplexe.

— Je n'en peux plus, de ce boulevard Voltaire. C'est trop long, il y a trop de magasins chinois. Je me demande qui achète ça… marmonne-t-elle comme si elle se parlait à elle-même.

Il sourit : c'est bien la première fois depuis qu'ils se sont retrouvés dans le café devant le métro Oberkampf.

— On s'en fout… On va le couper, le Voltaire. On va prendre la première rue à droite…

Elle regarde dans la direction de la rue dont il parle, la première à droite. Elle ne la connaît pas, elle n'est jamais passée par là. C'est vrai que jusqu'à maintenant, c'était plutôt lui qui regardait les plans et décidait par où ils passaient : ils avaient leurs petites habitudes, comme tous les couples, même s'ils n'en étaient pas un.

— Si tu veux. Mais pas plus loin que le feu rouge. Et on ne se dit plus rien... Plus rien du tout.

— D'accord, on ne se dit plus rien..., murmure-t-il en fermant son manteau.

Elle voit bien qu'il ne comprend pas. Ce n'est pas grave. Elle non plus ne comprend pas ce qu'il leur arrive depuis hier. Alors, au moins à la fin, pour les derniers cinq cents mètres, ils peuvent faire comme elle l'entend, elle. Si déjà ils doivent se quitter, autant que ce soit aussi inoubliable que leur rencontre sur un banc public, en lisant *Le nouvel amour*. C'est tout ce qui va leur rester de cette histoire : le souvenir.

Ils se mettent en route. Il fait nuit maintenant, une vraie nuit d'hiver, glaciale et humide. Ils ont froid tous les deux, ils devraient se dépêcher. Quand ils traversent le boulevard, il pose pour quelques instants sa main sur sa taille comme s'il ne pouvait s'empêcher de le faire encore une fois. À la pharmacie, ils tournent à droite et prennent la rue qui part en diagonale. Leurs pas résonnent sur le pavé. C'est calme, provincial presque, avec ce restaurant africain où il n'y a pas un chat, cet hôtel sordide, au mois certainement, et ce petit café d'un autre temps, à peine éclairé, avec une vieille dame toute petite et recroquevillée derrière le bar qui les accompagne du regard quand ils passent devant elle.

Est-ce qu'ils ont marché vite ? Ont-ils accéléré le pas ou, au contraire, ont-ils tout fait pour mettre le plus longtemps possible à arriver au croisement avec la rue de Charonne ? Parce qu'ils y sont, le voilà, le feu rouge. Il y a deux, trois voitures qui attendent qu'il passe au vert. Ils s'arrêtent, eux aussi. Elle se tourne vers lui. Et au moment où elle veut dire quelque chose parce qu'ils ne vont quand même pas se quitter comme ça, sans un mot, il se penche vers elle et l'embrasse longuement, passionnément, comme si c'était leur premier baiser et non le dernier.

— Ah, les amoureux... Arrêtez un peu..., lancent les jeunes gens en voiture à leur intention quand le feu passe au vert.

Ils ne peuvent que se sourire quand ils se regardent encore une fois avant de repartir chacun de son côté.

*

Si je travaillais encore pour *Delo*, je ferais sans tarder une *fotozgodba* sur *Welcome*, le film de Philippe Loiret qui vient de sortir. Je me dépêcherais, c'est un de ces sujets brûlants qu'il faut traiter avec urgence et fièvre. Je commencerais par la photo, je faisais toujours comme ça : d'abord la photo, ensuite le texte. Je prendrais donc mon vélo, j'irais faire un tour dans Paris… Je tomberais bien sur un visage, une scène, un détail qui dirait à lui seul le sentiment qu'on peut avoir devant un étranger, un migrant, quelqu'un qui n'est pas d'ici et n'est pas comme moi et toi, parce qu'on est toujours étranger de quelqu'un, je me souviens de la concierge de notre immeuble dans le dix-septième, qui pendant des années me lançait dans l'escalier avec une méchanceté xénophobe non dissimulée : « Mon mari n'est pas comme vous, il est né dans le onzième ! »

Une fois la photo en boîte, j'écrirais sur Bazda, coureur kurde, adolescent amoureux, qui voulait traverser la Manche à la nage. Je tâcherais de le faire aussi sobrement, efficacement et impeccablement que le film. La petite Slovénie n'a pas de ministère de l'Immigration. Officiellement, elle n'a plus de frontières sur son territoire. Mais dans ces contrées subalpines avec de jolis lacs avec de jolies églises au milieu, ils sont aussi hypocrites et peu accueillants avec les étrangers, des Tziganes pour la plupart, que la concierge de l'avenue Niel, et son mari, né dans le onzième. « Pas de ça chez nous ! Vous n'êtes pas d'ici ! Vous n'êtes pas les bienvenus ! » leur signifient-ils clairement, avec des pierres et des fourches, s'il le faut.

Mais je ne l'écrirai pas, je ne ferai pas de photo, je ne dérangerai personne. C'est la première fois depuis très longtemps que je me retrouve sans rien, inutile et abandonnée comme la place de la Bastille après une manif. En rupture, si on veut. Autrement dit : disponible, libre.

*

Arrivée presque devant sa maison, le téléphone s'est mis à sonner dans son sac. Elle était persuadée que c'était lui : il voulait lui dire quelque chose sur ce drôle de baiser, un baiser d'amoureux devant le feu rouge, on ne pouvait pas ne pas en parler.

— C'est moi... J'ai besoin de toi. Je ne peux pas continuer comme ça... Je t'ai envoyé trois SMS...

C'était Philippine, furieuse par-dessus le marché. Elle la cherchait depuis le début de l'après-midi. Ce n'était pas sérieux de sa part de disparaître comme ça, lui laissant l'Arménien sur les bras, d'autant plus que c'était un maniaque et que ça n'allait pas : il voulait tout revoir du début à la fin, y compris la couverture. Si on pensait que ce n'était pas son client et que déjà hier, au vernissage, c'était plutôt n'importe quoi, il faudrait peut-être se bouger un peu...

— Je suis là... Je vais m'en occuper, t'inquiète

pas. Je vais tout reprendre en main. J'ai juste une question... Le musée des Amours brisées. Est-ce qu'il existe vraiment ? Est-ce bien vrai ce que tu m'as raconté ? On peut vraiment envoyer quelque chose, un objet, une photo, une robe, une paire de raquettes de badminton ?...

Philippine n'a pas répondu, elle a raccroché. C'était aussi bien comme ça : coupé, pas dérapé.

*

Alors la mort et la vie se sont présentées presque en même temps, *écrit Gil*. Elles étaient reliées par ce livre qui te menait à moi. Le succès et l'amour, alors que je croyais tout perdu et que, quelques mois auparavant, je parvenais facilement à m'imaginer assisté social ou clochard. Ce succès et cet amour qui naissait confirmaient ce que je pensais : tout le monde s'était trompé et j'avais toujours eu raison. Je ne possédais nul défaut grave. Le succès confirmait mon talent et ton amour, I, la qualité de ma personne. Je me connaissais de multiples défauts, je laissais mon chat mourir de la gale, je lavais mes draps le moins souvent possible, je m'étais habitué à une sorte de médiocrité physique, à une laideur de l'environnement, j'étais conscient de tout cela, mais ton amour si soudain me convainquit qu'on pouvait m'aimer comme je croyais être. Je m'étais convaincu que mes faiblesses faisaient partie de mon être et peut-être pourquoi pas de mon charme. Écrivain broussailleux, négligent, joueur, picoleur, irresponsable, mais par contre charmant, drôle, capable de douceur, gourmet, intelligent, engagé. Je crus que I prenait la totale sans discuter, sans craindre. Puis je n'ai rien vu parce que pour la première fois de ma vie j'étais absolument heureux. Le bonheur aveugle, surtout si on croit que c'est un état permanent. Et puis le bonheur accordé à un homme distrait l'éloigne des autres. Je sais maintenant que le bonheur existe comme un jardin qu'on doit sarcler, arroser, cueillir au gré du mûrissement, je sais que le bonheur est un système écologique fragile et que chaque geste même anodin que pose l'homme peut transformer le bonheur en désert stérile. Comme un industriel heureux de ses profits, je ne notais aucun signe de dérèglement dans l'environnement. Je ne voyais pas le soleil se voiler, les eaux de la rivière s'assombrir et prendre des teintes de brun, les oiseaux mourir sur les berges. Je ne voyais rien car j'étais heureux de mon succès et de mon amour et je ne regardais pas mon amour qui était cette rivière dont la couleur changeait.

*

Je dis à mon mari que je vais aller à Buenos Aires au mois de mai. Il me regarde longuement. Il ne comprend pas. J'y suis déjà allée. J'y suis allée plusieurs fois, plusieurs années de suite, pour de longues périodes. Je connais. Je connais bien même, j'y ai mes habitudes. Et puis on peut faire autre chose dans la vie que danser le tango. Sans parler du fait que je ne gagne pas d'argent en ce moment et que je vis de plus en plus de mon côté, comme si j'étais seule dans la vie. C'est ça ?

C'est à peu près ça, il a raison. On peut y ajouter des arbres. Je suis amoureuse des arbres de Buenos Aires : je suis prête à traverser l'océan, à marcher pendant des heures pour retrouver mes acacias à *esquina* de Thames y Guatemala : des arbres géants, tortueux, sinueux, partant dans tous les sens comme la vie qui s'égare mais retrouve toujours son bout de ciel.

Il y a l'automne : pour quelqu'un comme moi qui aime cette saison, c'est une façon d'en avoir deux par an.

Il y a évidemment la mélancolie du tango, l'infini de l'*abrazo*, la nuit qui dure jusqu'au petit matin, mais aussi le bruit, la pollution, la pauvreté à tous les coins de la rue, que la crise ne fait qu'aggraver, autrement dit : le réel de cette même vie qui s'égare et cherche son salut comme elle peut.

Et puis — j'aurais dû commencer par là — il y a la fidélité à cette rupture dont je fais l'éloge et dont j'ai besoin pour pouvoir continuer. La rupture qui n'est pas le signe d'impermanence dont m'a parlé EB, mais plutôt capacité de sauter dans la vie, comme a dit Gil.

*

La vie, la mort ? *écrit Gil*. Les deux en même temps. Pas facile. Changer sans espoir ou presque. Passer l'aspirateur parce qu'il faut le faire mais aussi parce que j'ai des dettes envers elle de malpropreté et de laisser-aller, d'égoïsme et d'aveuglement. Seul, rembourser ces dettes, rêver de la voir enceinte, rêver de lui prendre la main comme au premier jour, rêver de pouvoir dire avant de mourir, je t'aime ma chérie, rêver qu'elle me croit. Je l'ai tellement déçue qu'elle ne me croira pas. Et pourtant la mort qui cligne de l'œil sait bien que je l'aime plus que tout au monde. Et la mort me dit aussi : « Tu avais la vie et tu l'as laissée partir. »

*

J'écris à Gil : deux phrases, comme il le fait, lui, sans préambules et autres civilités. Est-ce que ça va ? Est-ce que la vie reprend sur la mort ?

— Termine d'abord ton bouquin, rétorque-t-il.

Je lui dis que c'est fait. Puis j'ajoute que c'est le printemps. N'est-ce pas le mot qu'il me fallait comme mot de la fin ?

Composition Nord Compo
Impression Novoprint
à Barcelone, le 10 août 2009
Dépôt légal : août 2009

ISBN 978-2-07-039869-0./Imprimé en Espagne.

166906